David Blum
Kollektorgang

DAVID BLUM

KOLLEKTORGANG

Roman

Dieses Buch ist erhältlich als:
ISBN 978-3-407-75734-0 Print
ISBN 978-3-407-75735-7 E-Book (EPUB)

© 2023 Beltz & Gelberg
in der Verlagsgruppe Beltz · Weinheim Basel
Werderstraße 10, 69469 Weinheim
Alle Rechte vorbehalten
Lektorat: Andrea Baron
Neue Rechtschreibung
Umschlaggestaltung: Sebastian Lörscher
Herstellung und Satz: Elisabeth Werner
Druck und Bindung: Beltz Grafische Betriebe, Bad Langensalza
Printed in Germany
1 2 3 4 5   27 26 25 24 23

Weitere Informationen zu unseren Autor:innen und Titeln finden Sie unter:
www.beltz.de

Ein Mädchen, so schön wie Himbeereis
und so klug wie dreizehn Taschenrechner.
So traurig wie ein Eisberg und so stark
wie ein Fahrradschloss.
Die Tochter eines Vaters, die Schwester
eines Bruders.
Das Mädchen, das mich erlösen könnte,
habt ihr es vielleicht gesehen?

ERSTER TEIL

1

Ihr kennt mich nicht. Es ist nicht leicht, sich einen Namen zu machen, wenn man keine vierzehn Jahre alt geworden ist. Man ist doch stark eingeschränkt, wo ich bin, es mangelt an Gelegenheiten. Ich habe viele kennengelernt, die hart für ihren Ruhm gearbeitet haben – trotzdem hat man sie vergessen. Keiner honoriert, was sie geleistet haben. Erst werden Sträuße auf ihr Grab geworfen, dann kommt niemand, um die vertrockneten Blumen fortzuräumen. Uns liegen sie dann damit in den Ohren. Sogar wir Tote wenden uns von ihnen ab. Ist das nicht ätzend?

Aufmerksamkeit ist ein rares Gut zwischen Friedhofsmauern. Nur wenige Gruben werden über Jahrzehnte gepflegt. Neidisch blicken wir zu ihnen hinüber. Die Umstände des Todes können helfen, die Blicke auf sich zu ziehen. Aber meistens bringen sie nicht mehr als betroffene Gesichter. Die Leute senken die Köpfe und gehen den jämmerlichen Gedanken nach, zu denen nur Lebende in der Lage sind: gerade mal dreizehn geworden. Der arme Junge. Die armen Eltern. Ich muss heute unbedingt den Rasen mähen.

Die meisten fristen ein recht tristes Dasein. Und um das Nachleben steht es nicht viel besser. Nehmen wir Rajko. Was war er für ein Kämpfer! Und er ist es bestimmt noch immer! Rajkos Faust konnte einen Krieg anzetteln, einen Namen hat er trotzdem nicht.

Oder Nicki! Da, wo ich herkomme, kannte ihn jeder. Nicki war das verlässlichste Abführmittel bei uns in den Blöcken. Schon beim Gedanken an Nicki machten wir uns alle in die Hosen. Wir waren Kinder, aber was heißt das schon, wenn einer wie Nicki sich nur an seine eigenen Regeln hält? Doch auch Nicki ist niemandem ein Begriff. Er war berüchtigt, nicht berühmt. Und daran hat sich auch nichts geändert – wenn ich richtig informiert bin.

Es ist schwer, das einzuschätzen, wenn man dazu verdammt ist, tagein, tagaus auf einem Grabstein zu hocken. Sagen wir mal so: Ich bin halbwegs auf dem Laufenden. Wir haben hier ja täglich unsere Neuzugänge. In der Regel sind sie erst einmal schweigsam, aber das, was sie dann nach und nach berichten, macht schnell die Runde. Es ist ein Geben und Nehmen. Wir zeigen ihnen, wie es bei uns zugeht, und sie erzählen, was sich zugetragen hat. Klingt fair, oder?

2

Nach meinem Tod kamen Mutter und Vater täglich an mein Grab. Mutter hat geweint und immer wieder nach dem Grund gefragt. Warum musste er sterben? Wie oft ich das hier höre! Was keiner fragt: Warum bin ich am Leben?

Mutter weinte also, Vater nahm sie in den Arm – nicht auszuhalten. Sie haben meinen Tod zum Anlass genommen, um es noch einmal miteinander zu versuchen. Eine simple Hirnblutung, mehr hat es nicht gebraucht. Glücklicherweise wurden ihre Besuche bald seltener. Sie fegten mit missmutigen Gesichtern den Stein ab, rupften das Unkraut und wässerten den Rhododendron, und man wäre nicht darauf gekommen, dass sie zusammengehören, wären sie nach getaner Arbeit nicht in dieselbe Richtung davongegangen.

Seit Kurzem kommt Mutter allein. Sie erledigt alles mit routinierten Handgriffen, und wenn sie fertig ist, setzt sie sich auf die Bank unter der großen Eiche, raucht eine Mentholzigarette und blättert in ihrer Illustrierten, und ich kann nie sagen, wann sie ihre Friedhofslektüre wieder zuschlägt und geht.

Was aus Vater geworden ist? Ich nehme an, er arbeitet irgendwo an seiner Leberzirrhose.

Damit man mich nicht falsch versteht: Krankheiten haben weder in meinem Leben noch bei meinem Tod eine Rolle gespielt. Aber da, wo ich jetzt bin, kommt man an dem Thema nicht vorbei. Jeder bringt seine Leidensgeschichte mit, und ich bin mir sicher, dass wir verdammt gute Mediziner abgeben würden, hätte uns nicht irgendein Halbgott in Weiß für tot erklärt. Bei mir sind sich vermutlich alle einig: Die wenigsten würden so einen Stich durch die Bauchdecke überleben.

3

Rajko ist nie an meinem Grab gewesen. Hoffmann vermutet, dass sie ihn abgeschoben haben, »unverzüglich abgeschoben« – vielleicht hofft Hoffmann es sogar. Es würde erklären, warum Rajko nicht da war, als sie mich unter die Erde brachten. Und warum auch Ema nie nach mir gesehen hat. Aber kann das wirklich sein: Die Mörder lassen sie laufen und die Freunde schaffen sie fort?

Hoffmann ist mein Nachbar. Wenn man das so sagen kann. Links von meinem Grab steht eine Mauer. Rote Steine, hier und da bereits einer herausgebrochen, ein paar Efeuranken, die es bis nach ganz oben geschafft haben – eine Mauer, die man keine Sekunde beachten würde, wäre man nicht gezwungen, sie unentwegt anzustarren.

Rechts von mir liegt Hoffmann. Liegen seine Überreste. Oder

auch nicht. Vielleicht ist das, was von ihm geblieben ist, längst von Würmern verdaut, denn Hoffmann ist ein alter Hase. Hoffmann hockt rechts von mir auf seinem Grabstein, ein Schatten wie ich, der sich schon verflüchtigt, wenn er sich nur seine Schattenschuhe zubinden will – man könnte uns Gespenster nennen oder einen Spuk, aber mit Ketten rasseln wir nicht.

Hoffmann jedenfalls kennt wirklich jeden Stein auf diesem Friedhof, kann voraussagen, wer wann zu Besuch kommt, der ältere Herr zum Beispiel, der bei jedem Wetter im Strickpullover kommt, da weiß er genau, vor welches Grab der sich stellen wird, um traurig auf das Stück Erde vor seinen Füßen zu gucken, auf Fiederpolster oder Hauswurz oder, im besten Fall, einen Kreis aus Schattenglöckchen – so genau ist das für mich nicht zu sehen. Schattenglöckchen finde ich schöner als meinen Rhododendron, aber wen interessiert das schon? Hoffmann hat mir alles über sich erzählt, es sprudelte geradezu aus ihm heraus. Er hat mir alles erzählt, und ich habe das meiste sofort vergessen. Ich wusste doch gar nicht, was überhaupt vor sich ging. Du denkst, du bist tot. Du denkst, es ist vorbei. Und plötzlich quatscht dich einer von dem Grabstein neben dir an und erklärt, dass der Totengräber an heißen Tagen die Mittagspause schon mal in einem frisch ausgehobenen Loch verbringt, dass die Straßenbahn seit Kurzem in einem anderen Takt verkehrt, wie viele Jahre er in seinem Amt verbracht hat und wie viele er dort noch hätte verbringen wollen und so weiter und so fort. Hoffmann hat schon vor seiner Einäscherung die meisten seiner Haare verloren, er trägt ein blaues Hemd und eine rote Krawatte, Cordhosen und diese Schnürschuhe, die allen Erwachsenen zu gefallen scheinen. Für seine Trauerfeier wurde er noch einmal zum Bauingenieur gemacht, obwohl er seine Anstellung beim Rat der Stadt, als er starb, bereits verloren hatte. Hoffmann verhält sich stets korrekt, nicht einmal auf seinem Grabstein würde er es sich erlauben, herumzulümmeln. Bestimmt hätte er uns sofort verpfiffen, wenn er in unserem Aufgang gelebt hätte. Ganz sicher hätte er nicht tatenlos zugesehen, wie wir das Fenster zum Versorgungstrakt seines Neubaublocks aufbrechen. Vielleicht hätte er auch zu denen gehört, die Rajko und Ema und ihren Vater nicht grüßten. Aber Hoffmann ist der Einzige, mit dem ich reden kann, solange ich nicht exhumiert werde. Das passiert nämlich so ziemlich allen irgendwann mal, hat Hoffmann mir erklärt. Und auch deshalb, weil er weiß, wie es hier zugeht, halte ich mich fürs Erste an ihn.

4

Rajko ist nie zu mir gekommen, Stefan schon. Er kam an einem dieser verregneten Tage, von denen es endlos viele zu geben scheint, sobald man erst mal kein Dach mehr über dem Kopf hat. Wie aus dem Nichts kam er angelaufen, ohne Regenschirm und ohne Regenumhang, nicht einmal eine wetterfeste Jacke hatte er an. Stefan stellte sich vor meinem Grab auf und ließ die Schultern hängen, was bei einem, der die Deckung sonst immer oben hat, gleich doppelt so traurig aussieht. Stefan hielt einen Pokal in der Hand – ein schlichter Sockel, darauf die kleine vergoldete Nachbildung eines Boxers, der einen Jab abfeuert –, und während er ihn neben den Rhododendron stellte, sah ich denselben Gesichtsausdruck, mit dem er Ema und mich damals laufen gelassen hat. Stefan hat den Pokal in einem denkbar schlechten Winkel positioniert, aber ich meine zu erkennen, dass er die Landesmeisterschaft geholt hat.

Welch Wunder, wo sie seinen einzigen ernsthaften Konkurrenten höchstwahrscheinlich mir nichts, dir nichts – »unverzüglich!« – aus dem Weg geräumt haben. Ich hätte Stefan gerne meine Meinung gesagt, aber die Verbindung zwischen den Welten ist echt mau. Nicht mal ein Eichhörnchen könnte ich über den Gehweg flitzen lassen, geschweige denn einen Windstoß in die Wipfel schicken. Unzählige Schauergeschichten erzählen von irrlichternden Wesen, doch das Gegenteil ist der Fall. Mein Hintern klebt förmlich an dem Stein. Ich sage euch: Wenn ihr durch eine Wand laufen wollt, dann müsst ihr das zu Lebzeiten machen. Und mit den Konsequenzen klarkommen.

Hoffmann hat sich das Schauspiel angesehen und mich nach Stefans Abgang mit Fragen gelöchert. Ob ich auch einmal gegen Stefan gekämpft hätte? Ob ich selbst mal im Ring gestanden hätte? Ob das ein Freund gewesen sei? Und ich habe geantwortet wie auf jenen Zetteln, die wir in der Schule durch die Reihen gereicht hatten und die ich einmal für den Beginn des echten, wahren, aufregenden Lebens hielt: Ja. Nein. Vielleicht.

5

Stefans Pokal ist fort. Nicki hat ihn genommen. Ist das nicht mies? Dass Nicki sich überhaupt bei mir blicken lässt! Und nicht nur er war hier, sondern jeder aus der Gegend, der in der Lage ist, sich die Haare abzurasieren und weiße Schnürsenkel in seine Stiefel zu fädeln. Bedröppelt stehen die Idioten vor meinem Grab, die meisten scheinen überhaupt nicht zu wissen, was sie hier sollen. Sie haben die Sache so sehr verdreht, dass sie selbst kaum mehr begreifen, was passiert ist und wer was wem angetan hat. Sie haben mich zu etwas gemacht, was ich nicht bin. Plötzlich soll ich das Opfer sein, das ohne eigenes Zutun in die Sache geriet. Es stimmt nicht, dass ich nur zufällig in der Nähe war. Und ich will nicht als Nebenrolle in Erinnerung bleiben.

Am Rand stand ich schon zu Lebzeiten oft genug.

6

Viele Geschichten beginnen mit einem Haus, das von Generation zu Generation weitergegeben wird, ich weiß. Nichts dergleichen findet man bei mir. Ich wuchs auf in einem dieser Viertel, die an die Stadtkerne geklebt wurden. Ein Wohnkomplex nennt es Hoffmann, viele würden es wohl als ein Neubaugebiet oder schlicht als Platte bezeichnen. Aber für mich waren es immer nur die Blöcke. Mein Leben, das waren diese Blöcke. Oder besser gesagt: der Hof, der von ihnen umgeben war. Zehn steinerne Stufen führten hinauf zu den Hauseingängen, und wenn wir über jemanden sprachen, dann sagten wir stets seine Nummer dazu, Rajko aus der Vier kommt nachher noch runter, Stefan aus der Drei ist im Urlaub und so weiter. Spät ging die Sonne auf im Hof hinter den Blöcken und früh ging sie unter. Es gab nichts weiter als Wäschestangen, eine Schaukel und den langweiligsten Sandkasten, den man sich vorstellen kann. Und trotzdem waren wir immer dort, immer nur dort.

Am letzten Schultag zwängte ich mich durch ein Loch, das in den Maschendrahtzaun am Bahndamm geschnitten worden war. Der Weg über das Gleisbett befand sich in einer Kurve, und wenn man die Seite wechseln wollte, musste man auf das

Surren der Schienen achten. Ich stand still und wartete die Bahn ab, dann rannte ich los.

Ich wusste es nicht, aber ich lief den Weg an diesem Tag zum letzten Mal, und nun, da ich Nicki nicht mehr zu fürchten hatte, erschien er mir kürzer als in dem halben Jahr zuvor. Seit Nicki erfahren hatte, dass ich aufs Gymnasium wechseln würde, hatte er mir keine Ruhe gelassen. Wenn ich ohne Stefan unterwegs war, schubsten seine Leute mich herum, schlugen mich und warfen meinen Ranzen in die Tonnen. Und ich konnte nur froh sein, dass Nicki nie auf die Idee kam, mit seinem Hund auf dem Schulweg Gassi zu gehen.

Nicki war so schwer, dass er durchs Dach der Garage des Hausmeisters brach, als er sich zum Rauchen darauf verzog. Er war so groß, dass er unsere Fußbälle auf das Schuldach werfen konnte. Er war so sitzen geblieben oft, dass ihm als einzigem Jungen der gesamten Schule schon ein Flaum über der Oberlippe wuchs.

Bald würden Nicki und seine Bande mir nichts mehr anhaben können.

Ich lief sogar einen Schlenker, vorbei am einzigen Hochhaus des Viertels, wir nannten es den *Sprungturm*. In der Schule hatten wir über den Krieg am Rande Europas gesprochen, aber dass Menschen aus den Blöcken mit dem Fahrstuhl in die sechzehnte Etage fuhren und wie Geschosse hinabsausten, darüber sprachen wir nie.

Auch an diesem Tag drehten sich auf dem Vorplatz die Blaulichter eines Krankenwagens. Ich sah lediglich die Rücken der Gaffer, dann noch die Decke, die zwei Sanitäter hochhielten, um Passanten wie mir den Anblick zu ersparen. Vielleicht waren es dieselben Rettungskräfte, die später bei mir eintrafen, vielleicht wurde ich mit genau diesem Fahrzeug abtransportiert. Möglicherweise liegt der Mann, der sich in den Tod gestürzt hatte – ich hörte am nächsten Tag irgendwen davon sprechen –, nur ein paar Gräber entfernt. Erst auf dem Friedhof habe ich wieder an ihn gedacht.

Damals setzte ich meinen Weg unbeirrt fort. Es war der letzte Schultag vor den Sommerferien, ich hatte Magda Maria versprochen, dass wir uns wiedersehen würden, und ich war meinem Feind endlich entkommen. Das Leben war gut – und es konnte noch besser werden.

7

Magda Maria würde auch aufs Gymnasium gehen, aber auf ein anderes. Sie wohnte nicht in den Blöcken, aber ich hatte sie manchmal nach der Schule zu Hause besucht. Zum Lernen. Ihre Eltern waren immer freundlich zu mir.

»Schau mal, so ist es doch viel schöner«, sagte ihre Mutter sehr sanft zu mir, wenn sie beim Essen meinen Ellenbogen vom Tisch schob. Kam mein Vater mich abholen, wurden Magda Marias Eltern noch freundlicher, aber bei mir durften wir uns trotzdem nicht treffen. Magda Maria nahm Klavierstunden, sie verbrachte die Sommerferien auf einer Mittelmeerinsel, und nach diesem letzten Schultag sahen wir uns erst auf dem Neuen Friedhof wieder. Sie legte einen Strauß Blumen vor mich auf das Grab und wurde von ihren Eltern schnell weitergeschoben – und ich schämte mich, als hätte sie sehen können, wie ich dort vor ihr hockte und die ganze Zeit nur an Ema dachte.

8

Wie immer, wenn man meint, dass etwas Bedeutendes passieren müsste, passierte erst mal überhaupt nichts.

»Ich habe dir das Mittagessen hingestellt.« Mutter war bereits fertig für die Arbeit, nur ihre Schuhe fehlten noch. »Du musst es nur warm machen. Ich habe dir ja gezeigt, wie das geht.«

»Ich schichte das Feuerholz auf den Herd und –«

»In der Mikrowelle. Vergiss nicht, das richtige Gewicht einzustellen.«

»Ich weiß, wie die Mikrowelle funktioniert.«

»Du weißt aber nicht, was du einstellen musst. Ich stelle es dir noch schnell ein.« Ich hörte die Piepstöne, mit denen sie zwischen den Programmen wechselte. »Kannst du bitte abwaschen? Und die Wäsche aufhängen? Hörst du mir überhaupt zu?«

»Wie soll ich das alles schaffen?«

»Ich schreibe dir einen Zettel.«

»Musst du nicht los?«

Endlich zog Mutter ihre Schuhe an. Ich lehnte im Türrahmen. Der Tag hatte noch gar nicht richtig begonnen, und sie sah schon müde aus.

»Kann Papa das nicht machen?«

»Der muss arbeiten.«

»Papa? Arbeiten?«

»Das kriegst du schon hin.« Mutter kam zu mir und wollte mir einen Kuss geben. »Du bist doch jetzt groß.«

Kaum war sie weg, rannte ich runter. Ich hatte Stefan im Hof gesehen. Es war noch früh am Tag, aber er saß schon bei den Wäschestangen.

»Findest du nicht mehr zurück nach Hause?«

»Als ob es da besser wäre.« Stefan sprang auf und kickte mir den Ball zu. »Und was willst du hier? Musst du nicht lernen?«

»Hör schon auf.« Ich spielte den Ball zurück, natürlich nicht so zielgenau wie Stefan.

»Ich frage mich, wer dich auf deinem neuen Schulweg beschützen wird.«

Pass.

»Und ich frage mich, wer dich ab dem Herbst abschreiben lassen wird.«

Pass.

»Ich frage mich, ob es in meiner neuen Klasse auch einen geben wird, der sich selbst bei der dümmsten Frage meldet.«

Pass.

»Bestimmt sitzt er neben dem, der nicht einmal die billigste Frage beantworten kann.«

Stefan schoss mir den Ball direkt in die Magengrube.

»Sag mal, spinnst du?«, schrie ich.

»Nicht mehr als du!«

Als er auf mich zukam, rannte ich los. Aber im nächsten Moment griff er mir schon in die Beine und warf sich auf mich. Wir wälzten uns über den Rasen, und bald hatte er mich unten.

»Was ist eigentlich mit Magda Maria?«, fragte er. »Wollte sie dir nicht noch einen Vortrag über die Evolution halten?«

»Ja, und sie wollte mit dir anfangen.«

Stefan hieb mit der Faust direkt neben meinem Kopf auf den Boden.

»Bleibt alles wie immer?«

»Klar«, keuchte ich, »was sonst?«

9

Und es blieb alles wie immer: Stefan und ich und die anderen Jungs murksten einander ab, als gäbe es kein Morgen. Wir heckten die Pläne riesiger Schlachten aus und mischten Gift für den Meuchelmord. Im Sandkasten hoben wir Löcher aus, wir brachen Äste zu Gewehren. Unser Arsenal war immens, es war in den Jahren stetig gewachsen. Spielzeugrevolver waren hinzugekommen, mit Kunststoffringen zu je acht Knallladungen in der Trommel. Kinderflinten, durch die rote Schussbänder liefen. Derart ausgestattet zielten wir aufeinander. Derart ausgerichtet richteten wir uns hin. Und wenn ich höre, wie es hinter meiner Mauer manchmal zugeht, dann hat sich daran bis heute nichts geändert.

Selbst wenn ich allein war, ließ ich es krachen. Stundenlang konnte ich auf der Treppe zum Hof sitzen, ein Band Zündplättchen zwischen den Füßen, und mit einem Stein über die Ladungen fahren, sodass sie mit einem Blitz verpufften. Als müsste ich die Stille eines verwaisten Hofes mit allen Mitteln vertreiben – ohne zu wissen, was Totenstille wirklich bedeutet. Wenn man es nicht gerade zur Mittagszeit machte, nahm niemand Anstoß daran. Fast niemand.

In der zweiten Ferienwoche wartete ich darauf, dass Stefan endlich herunterkam. Er kam entweder sehr früh oder richtig spät, Hausarrest oder Hausverbot. Meine Fingerkuppen waren bereits schwarz vor Ruß. Da trat aus der Vier ein Junge, den ich nie zuvor gesehen hatte. Bevor er loslief, hüpfte er ein wenig auf der Stelle. Etwas in seinem Gesicht, ein bestimmter Zug um die Augen, ließ ihn traurig erscheinen, auch dann noch, so sollte ich später feststellen, wenn man ihm eine Freude bereitete. Selbst unter seinem weiten Shirt war sein trainierter Körper zu erkennen. Jedes Mal, wenn er an mir vorbeikam, versuchte ich, den Aufdruck auf seinem T-Shirt zu entziffern, auch als mir längst klar war, dass es sich um einen andere Sprache handelte. Als er schließlich vor der Vier wieder stoppte, sah er doch noch zu mir. Wie zur Erklärung hielt ich das Band mit den Zündplättchen und den Stein in die Höhe, aber Rajko dachte gar nicht daran mitzumachen. Er verschwand einfach in der Tür.

10

Der Tod ist grausam, weil er sich nach und nach die Liebsten holt? Ich sage: Der Tod ist nichts gegen das Leben! Das verdammte Leben enthält mir alle meine Freunde vor, auf Jahrzehnte, wenn es ganz dick kommt. Das ist das Los der jung Verstorbenen!

Die Alten trauern zunächst, doch schnell stellen sie fest, dass es gar nicht so schlecht bei uns ist. Sie nehmen es lockerer, dass sie ihren Grabstein nicht verlassen und sich nur mit ihren direkten Nachbarn unterhalten können, was, den gesamten Friedhof betrachtet, auf ein recht langwieriges Stille-Post-Prinzip hinausläuft. Außerdem reicht es ihnen zu wissen, wann wieder einer ihrer Bekannten diesen Weg gegangen ist, und die Neuzugänge sprechen sich noch am schnellsten herum. Streng genommen ist der Tod ein großes Wiedersehen für die Alten. Ganz anders bei mir! Therapeuten, Wissenschaftler, Sanitäter, Ärzte, Sozialarbeiter und Bewährungshelfer – sie alle arbeiten mit vereinten Kräften daran, diejenigen, die mir nahestanden, von mir fernzuhalten. Das Leben ist penetrant, immer findet es Wege, eine weitere Runde einzulegen, das Unvermeidliche aus kaum einsehbaren Gründen hinauszuzögern.

Ich könnte nicht mehr sagen, wann Rajko und ich Freunde geworden sind. Ich kenne es so, dass Freundschaften aus dem Nichts entstehen. Plötzlich steht man Rücken an Rücken auf dem Hof und setzt sich gegen seine Feinde zur Wehr. Wenn man älter wird, scheint sich das zu ändern. Hoffmann jedenfalls kann, ohne großartig darüber nachdenken zu müssen, wirklich jede einzelne seiner Freundschaften begründen.

Nur warum manch ein Gefährte auf dem Weg durchs Leben verloren gegangen ist – das weiß ich besser als er.

11

»Ich komme aus einer Stadt in den Bergen. Zwei Tage die Woche ging ich in die Schule im Tal. Die restliche Zeit baute ich mit bloßen Händen eine Mauer um unser Haus. Eines Tages kamen Schausteller in das Dorf. Der Häuptling der Schausteller hatte eine Idee: Ich sollte meine Kraft auf seiner Bühne unter Beweis stellen. Es würde sich lohnen für mich. Mit dem Geld könnte mein Vater eine höhere Mauer bauen.

Der Abschied war schlimm. Mutter blieb im Haus. Vater hackte Holz und sah mich nicht an. Meine Schwester verschluckte eine Münze. Wollte sie sich umbringen?

Ich schleppte Steine und Fässer, sogar ein Pony klemmte ich mir unter den Arm. Die Frauen jubelten mir zu, die Männer wurden wild. Sie kamen auf die Bühne, ich schlug sie in die Menge zurück.

Der Häuptling hatte genug von den Dörfern. In der Stadt ließ er sich nieder. Und stellte mich in den Ring. Ich schickte die Gegner zu Boden. Der Stadtmeister war schwer wie ein Fels. Ich boxte ihn durch die Seile.

Ich wollte nach Hause, der Häuptling wollte Kämpfe. Mehr Kämpfe, mehr Geld. Die Mauer würde verdammt hoch werden. Ich schrieb einen Brief: Meine Mutter sollte wieder aus dem Haus kommen. Mein Vater einen Ölofen kaufen. Meine Schwester Scheine schlucken.

Ich trainierte hart. Jeden Tag trank ich vier rohe Eier. Mein Name stand auf Plakaten. Dann kam der Krieg. Mein Vater verkaufte den Ofen. Meine Mutter schloss nicht ab. Meine Schwester hatte Schrauben im Bauch. Mit meinem Geld kamen wir hierher. Meinen Namen kennt hier niemand.«

»Und so bist du zum Boxen gekommen?«, fragte ich.

Rajko sah mich mit einem Gesicht an, das ihn wirklich auf ein Plakat bringen konnte.

»Das würde dir gefallen.«

12

»Wollen wir mal sehen, was du so zu bieten hast.«

Er war der schwächste Junge in den Blöcken, er wohnte irgendwo bei den Zweistelligen, und wir vergaßen ständig seinen Namen. Er war nicht in der Lage, sich gegen Angriffe zu wehren, und hatte deshalb gelernt, seine mangelnde Körpergröße mit Sprüchen zu überspielen. Dadurch blieb er nie unbemerkt. Und er war so dumm, den Gegenwert seines Taschengeldes stets bei sich zu tragen – als ob in seiner Wohnung größere Gefahren lauerten als auf dem Hof. Auf meinem Schulweg hatte ich wenig Grund zur Freude gehabt, der Junge hatte noch viel weniger zu lachen.

An diesem Tag stand er in Stefans Treppenhaus, mit dem Gesicht zur Wand und in dem Wissen, dass es schlimm enden konnte, sollte er es wagen sich umzudrehen.

»Sieh dir das an.« Stefan breitete auf dem Boden aus, was er in den Hosentaschen des Jungen gefunden hatte – als hätte er gerade einen verdammten Coup gelandet. Dabei war auf den ersten Blick zu erkennen, dass es sich lediglich um den Ausschuss von einem handelte, der heute bereits abgezogen worden war. »Was würdest du sagen, was das wert ist?«

»Ich würde sagen, er müsste uns eigentlich bezahlen, damit wir ihm den Müll abnehmen.«

»Ich würde sagen, ihr seid richtige Helden«, sagte der Junge zur Wand.

Stefan sah mich an. Er sah aus, als säße er sehr weit oben auf einem Baum, und gerade hätte der Ast unter seinen Füßen gekracht. Von einem Moment auf den anderen schnellte er hoch und packte den Jungen, schleuderte ihn herum und drückte ihn wieder gegen die Wand.

»Wo hast du es gelassen?«

»Ich habe nichts«, presste der Junge hervor.

»Lüge! Jeder weiß, wie viel Taschengeld du kriegst.«

»Jeder weiß, dass ich nichts von meinem Taschengeld habe, und zwar wegen Typen wie euch.«

Die Haustür fiel ins Schloss. Stefan ließ von dem Jungen ab. Eine Nachbarin kam die Treppe hoch, sah im Briefkasten nach Post und verschwand in ihrer Wohnung, und ich frage mich noch heute, wie sie sich wohl erklärte, was wir dort im Hausflur machten – zwei gegen einen und auf dem Boden ein Flummi, zwei Pfefferminzbonbons, ein Feuerzeug, dem das Rädchen fehlte, ein Bund mit zwei Schlüsseln und die einzelnen Glieder eines Zollstocks.

Rückblickend glaube ich, dass in diesem Moment irgendetwas in Stefans Hirn vom üblichen Kurs abbog und danach nicht mehr auf den korrekten Weg zurückfand. Ja, der Zweistellige hätte seinen Mund halten können, und doch war das hier eine Sache, wie sie sich Tag für Tag unzählige Male in den Blöcken ereignete: Zwei Jungs drehen einem Schwächeren die Hosentaschen auf links, und der Schwächere versucht, sein Gesicht zu wahren. Nun, da es erledigt war, konnten wir wieder mit den Rädern Bremsspuren ziehen oder die Kieselsteine aus dem Putz der Blöcke pulen.

Stefan schlug zu.

Er hatte im Jahr zuvor mit dem Boxen angefangen, und er hatte einiges gelernt. Der Junge mühte sich, den Schlägen auszuweichen, aber er hatte keine Chance. Ich ging erst dazwischen, als er bereits am Boden lag. Zunächst zerrte ich nur halbherzig an Stefans Klamotten, dann schob ich ihn mit aller Kraft zur Haustür, allerdings nicht auf den Hof, wo man uns hätte beobachten können, sondern nach draußen auf die Straße. Im Vorüberhasten drückte ich mit der flachen Hand auf die Klingeln, in der Hoffnung, jemand würde sich um Stefans, um unser Opfer kümmern.

Als wir außer Sichtweite waren, blieb ich stehen.

»Was war das?«, fragte ich.

»Was meinst du?«

Ich starrte ihn an.

»Was ist los?«, fragte Stefan. »Gehen wir zu dir? Oder willst du die Sache noch ein bisschen analysieren oder so was?«

13

Ich verstecke mich im Wäldchen und sehe die Sonne durch die Baumkronen brechen. Ich steige durch das Zaunloch am Bahndamm und renne los. Ich setze einen Stein auf einen Streifen mit Zündplättchen und lasse die gesamte Reihe knallen. Ich schieße ein Tor gegen die Idioten von den Zweistelligen. Ich reiße mich von der Hand meiner Mutter los. Ich stecke mir das erste Stück Schokolade aus dem Paket von Onkel Hamburg in den Mund. Ich sehe die blaue Fahne mit der Fackel in den Himmel klettern. Ich sehe, wie sie wieder eingeholt wird. Ich warte in der Schlange am Eiswagen, sehe, wie die anderen ihr Eis wegtragen, und es ist warm, so warm, und dann steht niemand mehr vor mir und ich steige die kleine Eisentreppe nach oben. Ich habe mir das Knie aufgeschlagen, aber jemand sagt, es sei nicht so schlimm. Ich darf vom Bier den Schaum abtrinken. Ich hocke hinter dem Sessel und sehe heimlich *Bodyguard*. Ich bin krank und kriege Jägerschnitzel mit Feuerwehrsoße. Ich greife nach der Hand meiner Mutter. Ich springe in den Baggersee und tauche wieder auf.

Wellen gingen durch meinen Körper – und dann war sie fort.

»Wer war das?«

»Ema«, sagte Rajko, »meine Schwester.«

14

Wenn Stefans Trainer sich vorbeugte, um das Geschehen zwischen den Seilen aus einem anderen Winkel zu sehen, stieß sein Bauch gegen den Ring. Seine Kommandos erfüllten die Sporthalle. Ob seine Schützlinge die Anweisungen korrekt umsetzten, konnte ich nicht beurteilen. Rajkos Hände steckten in großen roten Handschuhen, Stefans in blauen. Stefan wollte den Nahkampf, aber Rajko ließ es nicht zu. Wenn Stefan auf den Körper ging, verschwand Rajko und tauchte in der anderen Ecke des Rings wieder auf. Rajko hatte schnelle Beine, diese Bemerkung des Trainers verstand ich.

Rajko schlug ein Loch in die Luft und Stefan guckte hinterher. Darauf hatte Rajko nur gewartet. Er boxte Stefan gegen den Kopfschutz und schon war er wieder verschwunden.

»Reicht!«, rief der Trainer.

Die beiden tippten kurz ihre Handschuhe gegeneinander und stiegen aus dem Ring.

Der Trainer klopfte Rajko auf die Schulter und schickte ihn zum Duschen. Stefan zeigte der Trainer, wie er es hätte machen müssen. Der Trainer führte andeutungsweise Kombinationen vor, Stefan nickte.

»Solche wie der können nicht zuhauen. Sie haben es einfach nicht drauf.« Ich hörte die Worte des Trainers, wusste aber noch nichts mit ihnen anzufangen. »Deswegen müssen sie zappeln, und verbieten können wir es ihnen leider nicht.«

Stefan bekam einen Klaps auf den Hinterkopf, dann durfte auch er gehen.

Ich hatte Rajko von Stefans Verein erzählt. Stefan hatte ich nie zu einer Einheit begleitet.

Nachdem die beiden verschwunden waren, kam es mir in der Halle sehr still vor. Dabei war das regelmäßige Flackern einer Lampe zu hören, und jedes Mal, wenn einer der anderen Jungs einen Boxsack traf, gab es ein dumpfes Geräusch. Der Trainer sah Stefan hinterher, dann notierte er etwas. Er war ins Schwitzen geraten, bei jedem Atemzug blähten sich seine Nasenflügel.

15

»Lauter«, sagte Rajko. »Es muss von hier kommen.« Er schlug sich mit der Faust gegen den Oberkörper.

Wir saßen vor der Zwei. Straßenseite. Ich ließ eine Passantin vorbeigehen und legte mir die Hand auf die Brust.

»Genau. Von dort.« Rajko deutete einen Schlag zwischen die Brustwarzen an. Als würde ich mit ihm trainieren.

Ich wusste nur wenig über diese Stelle. Ema saß dort, aber in Rajkos Gegenwart verbot ich mir, an sie zu denken. Also ließ ich das Wort, das Rajko mir beibringen wollte, auf meinen Vater los – ein Schimpfwort, angeblich unmöglich zu übersetzen –, ich schrie, so laut ich konnte.

»Du hast es«, sagte Rajko. »So hörte es sich an. So hat sie geschrien. Und dann war sie tot. Ich konnte nicht mehr hinsehen. Ich konnte gar nichts tun. Aber Ema ist hingegangen und hat das Tuch von ihrem Hals genommen. Das, das sie am linken Handgelenk trägt. Hast du es gesehen?«

»Ein Tuch?« Ich zuckte mit den Schultern. Dabei gehörte das Handgelenk mitsamt dem Tuch zu Ema – und wie hätte es mir da entgehen können?

16

Ich weiß nicht, wohin genau Rajko wollte. Wahrscheinlich wusste er es selbst nicht. Aber ich verstand, dass der Hof ihm zu eng war. Was wir über Jahre hinweg übersehen hatten, Rajko hatte es bemerkt. Wir standen unter einem der Balkone, ein dichter Busch – Heckenkirsche oder Liguster, heute, als etwas eingeschränkter Friedhofsgärtnerlehrling, könnte ich ihn bestimmen, Hoffmann, aber in meiner Erinnerung ist er einfach nur grün und sonst nichts! –, irgendein Busch also bewahrte uns vor den Blicken aus dem gegenüberliegenden Block. Es gibt nicht gerade viel zu beobachten von diesen Balkonen, und wenn du etwas vorhast, das nicht sofort die Runde machen soll, dann machst du es besser im Verborgenen. Unter den untersten Balkonen gab es je zwei kleine Fenster. Sie waren allesamt mit einem Gitter geschützt, nur unter dem Balkon, unter den Rajko uns geführt hatte, war es anders. Eines der beiden Fenster war mit Beton verfüllt, und wir wussten sofort, was er uns zeigen wollte: Irgendwer hatte verdammt viel Aufwand betrieben, um das Gitter zu entfernen – und später hatte sich irgendwer verdammt viel Mühe gemacht, um den Weg wieder zu versperren.

Bald arbeiteten wir jeden Tag unter dem Balkon. Stefan hatte aus der Werkstatt seines Vaters einen Hammer und einen Schraubenzieher mitgehen lassen – was erst dann zur Heldentat wird, wenn man weiß, wie wichtig dieser Keller mitsamt seinen Hämmern und Schraubenziehern und dem sonstigen nie verwendeten Werkzeug für Stefans Vater war. Wenn man den erbeuteten Schraubenzieher im richtigen Winkel ansetzte und den Hammer mit Wucht auf den Griff schlug, flogen die Steinsplitter nur so herum. Ich habe nie wirklich arbeiten müssen, von Hoffmann jedoch einiges darüber zu hören bekommen. Nein, das ist untertrieben: Unentwegt liegt er mir in den Ohren mit seinem Büro und seinen Bauordnungen und seinen Aktenordnern. Ich glaube, das war so etwas wie sein Leben. Es ging auf jeden Fall ziemlich schnell zu Ende mit ihm, nachdem sie ihn rausgeworfen hatten. Vollkommen zu Unrecht übrigens, wie er sagt. Und warum sollte ich daran zweifeln? Auch wenn es mich schon wundert, dass noch irgendein Gebäude in dieser Stadt gerade steht, seitdem Hoffmann ihr verloren ging.

Jeden Tag, auch noch nach Feierabend und an den Wochenenden will Hoffmann geackert haben, ich hingegen habe nie in meinem Leben arbeiten müssen. Und wenn ich überhaupt etwas zu dem Thema beisteuern kann, dann die Tage unter dem Balkon. Dort habe ich einmal richtig geschuftet – auf der Suche nach einem Zugang zu dem Ort, an dem ich sterben würde.

17

Ich habe Rajkos Wohnung nie betreten. Das Haus, das er von einer Minute auf die andere verlassen musste, hat er mir immer wieder gezeigt.

Wir mussten hinüber zum Sandkasten gehen, er nahm sich einen Zweig und zeichnete mir den Grundriss auf, das Schlafzimmer seiner Eltern, das Zimmer von Ema und ihm, die Küche mit dem großen Tisch, ein kleines Bad, ein langer Flur.

Daneben zeichnete er manchmal die Wohnung in der Vier. Es war eine Zweiraumwohnung, und es wäre nicht nötig gewesen, sie mir aufzumalen, denn ich kannte diesen Wohnungstyp – es gab ihn in meinem Haus und in den umliegenden Blöcken auch, aber es wohnten nur die Alten darin, nicht zwei Kinder mit ihrem Vater.

»Sechsunddreißig Quadratmeter«, sagte Rajko jedes Mal, wenn er mit seinen Grundrissen fertig war. »Fast so groß wie ein Boxring.«

Die Unterkunft, in der sie nach der Flucht untergebracht worden waren, hat er nie gezeichnet.

18

Ich stand so lange vor dem Spiegel, dass Mutter von draußen an die Tür klopfte und fragte, ob alles in Ordnung sei. Macht mich wieder lebendig und überzieht mich mit Akne der übelsten Art, kein Wort würde ich darüber verlieren. Aber damals im Badezimmer stürzte mich der Pickel an meinem Kinn in tiefe Verzweiflung. Ich hatte so lange daran herumgedrückt, dass er röter war als zuvor, und jetzt suchte ich in unserem Verbandskasten nach etwas, unter dem ich ihn verstecken konnte. Ein Pflaster? Ein Mullverband? Nein, es war nichts zu machen. Ich warf das Handtuch, das ich mir für die Behandlung um den Hals gelegt hatte, in die Badewanne.

Sie war es, die mich sehen wollte. Allein! Ja, wirklich, so hatte sie es formuliert. Ich musste mich selbst immer wieder daran erinnern. Wir waren verabredet, mit einer Decke im Hof, und in den vorangegangenen zweiunddreißigeinhalb Stunden war ich allen Pflichten aus dem Weg gegangen. Es tut mir leid, aber ich muss meine Schicht unter dem Balkon tauschen. Ich kann nicht mit in den Garten, nein, nichts zu machen. Das Taschengeld zum Kiosk tragen und gegen Basketballkarten eintauschen? Mach du mal! Ich bin mit Ema verabredet. Werde mich mit Ema treffen. Mit Ema! Ich!

Alles, was ich vor dem Treffen tun konnte, wollte ich auch tun. Ich suchte erst meine beste und dann meine zerschlissenste Hose heraus. Legte ein Hemd zurecht, das mir in einem Moment verwegen, im nächsten schon albern vorkam. Ungefähr vierundzwanzig Sekunden, nachdem Ema mir den Zettel zugeschoben hatte, hatte ich eine Decke bereitgelegt. Wort für Wort war ich ihre Nachricht durchgegangen, um in den

Bögen und Punkten eine bis dahin übersehene geheime Botschaft zu finden.

Mutter rief mir etwas zu, als ich aus dem Bad stürmte. Was immer es war – keine Chance, dass es mich aufhalten würde. Ich sprang die Treppe zum Hof hinunter und wäre am liebsten wieder nach oben gelaufen, um ein zweites Mal, auf eine dem Anlass angemessenere Weise, hinunterzugehen. Ich war zu früh dran, das war nicht gut. Ich zog mich unter die Treppe zurück und blickte durch die Stufen in den Hof. Selbst im Schatten war es sehr heiß. Vor mir zerfiel die Welt in Stücke. Ich versuchte, wenigstens mich selbst zusammenzuhalten.

Ema stand am Fenster und winkte. Das Gebirge meiner Dummheit – in diesem Moment trat es mir vor Augen. Ich schob mich aus meiner Deckung und tat etwas mit den Händen, was mit viel gutem Willen als Winken durchgehen konnte.

Sie trug eine kurze Hose und ein T-Shirt von Rajko und am Handgelenk das Halstuch, von dem er mir erzählt hatte, und ich vermute, dass es sie nicht sonderlich beeindruckte, wie akkurat ich meine Decke neben ihrer ausbreitete. Und dann passierte es: Ema schlug ein Heft auf! War sie derart aufgeregt, dass sie sich ihre Worte zurechtgelegt hatte? Bestimmt war es für sie nicht einfach, in einer fremden Sprache über ihre Gefühle zu sprechen!

Sie hielt mir die aufgeschlagenen Seiten hin, und selbst wenn man es optimistisch betrachtete, war es einfach viel zu viel Text für ein Liebesgeständnis.

»Ich komme hier einfach nicht weiter«, sagte sie. »Kannst du mir das mit der zweiten Zukunft erklären? Also Futur und so ...«

Es war ein Grammatikheft, und einen Moment lang war ich überzeugt, dass Magda Maria vorbeigekommen war und ihr vorgeschwärmt hatte, wie gut man mit mir Verben konjugieren konnte. Ich lächelte ungefähr so, wie Magda Marias Eltern immer lächelten, aber Ema war zu klug, um das nicht zu durchschauen.

»Wenn du keine Lust hast, dann lassen wir es. Aber eine Bitte habe ich. Stefan hat gesagt, dass ihr viele Bücher zu Hause habt. Kann ich mir eins ausleihen? Es ist mir egal, welches du mir gibst. Oh, hast du da irgendwas am Kinn?«

19

Wir freuen uns wirklich über jeden Besuch. Ihr Lebenden habt allerhand zu erledigen, die Zeit sitzt euch im Nacken, und wenn ihr in euren Stundenplänen und Wochenkalendern, zwischen Jahrestagen und Schlussverkäufen einen Termin findet, einmal nach uns zu sehen, dann sind wir dankbar. Jeder ist willkommen, wirklich jeder, bis auf Nicki und seine Bande vielleicht – und nehmt es mir nicht übel, aber ich will auch keine frisch Verliebten mehr sehen.

Da ist ein Pärchen, das uns regelmäßig beglückt. Sie machen es sich auf der Bank vor meinem Grab bequem und stecken sich die Zungen in den Hals. Wahrscheinlich haben ihre Eltern etwas dagegen. Wahrscheinlich sind sie so etwas wie Romeo und Julia. Anders kann ich mir die Sache nicht erklären. Gibt es denn keine Kinos mehr? Wurden die Parks planiert? Sind alle Eisdielen Pleite gegangen?

Sie sieht wirklich gut aus. Nicht so gut wie Ema, aber gut. Und er hat wirklich die schnellsten Hände der Welt. Sie haben sich noch nicht begrüßt, da fummelt er bereits an ihr herum. Wild ist er und grob – ihr scheint es zu gefallen. Einmal habe ich eine ihrer Brustwarzen gesehen. Nicht nur ich. Hoffmann hat sofort den Kopf weggedreht, es war, als ob er sich davor fürchtete, dass seine Frau und seine Töchter, die es neben seinem Stempelset auch gegeben haben muss, ihn zufällig in genau diesem Moment besuchen kämen und ihn erwischen könnten.

Aber wie sie auch auf der Bank übereinander herfallen! Es ist, als würde man einem Verdurstenden einen Krug Wasser vor die Füße schütten. Nein. Es ist, als würde man einem Ertrinkenden das Treibholz nehmen, an das er sich klammert. Nein. Es ist, als würde man noch einmal sterben – ein langsamer, qualvoller Todeskampf.

Erinnert die Toten nicht an früher! Zieht euch etwas an! Diese zügellose Lust reißt hier nur Wunden auf. Alles ist vergebens. Alles. Besser, man findet sich früh damit ab.

20

Ema saß so nah bei mir, dass ich sie riechen konnte. Die Sonne stand direkt über dem Hof, sie brannte herunter, als wollte sie uns zusammenschweißen. Ihr Bein berührte das Buch, das ich ihr mitgebracht hatte, *Ede und Unku*. Die oberste Seite wurde von ihrem Unterschenkel umgeknickt. Sie schob die Schleife der ersten Bandage über den Daumen meiner linken Hand.

»Ich verstehe ja nicht, was ihr da überhaupt macht«, sagte sie. »Ich meine: So viel Aufwand, um unter ein Haus zu kriechen? Was denkt ihr denn, was euch da unten erwartet?«

Sie fixierte das Handgelenk und den Daumen und ging zu den Fingern über.

»Klar, dass mein Bruder auf diese grandiose Idee gekommen

ist. Ihm fällt nichts anderes ein, als auf Dächer zu klettern wie ein Äffchen und in die Erde zu kriechen wie ein Maulwurf. Er sollte sich besser hinsetzen und lernen!«

Die linke Hand war eingeschnürt, Ema machte mit der rechten weiter.

»Lass dir bloß nichts von Rajko erzählen, vor allem nicht über mich. Ist er dir schon mit der Geschichte mit den Schaustellern gekommen?«

Ema überprüfte ihre Arbeit, fuhr mit der Hand über die Bandagen, umfasste die Handgelenke, steckte ihre Finger zwischen meine.

»Gut, oder? Rajko hat es mir beigebracht. Wenn es sich nicht gut anfühlt, kannst du dich bei ihm beschweren.«

Und ob es sich gut anfühlte. Zum Glück waren meine Hände so starr, dass man nicht sehen konnte, wie sie zitterten. Als ob sie uns zusammengebunden hätte, so fühlte es sich an – und dann wurden wir wieder auseinandergerissen.

»Mist.« Sie sprang auf. »Ich bin doch verabredet.« Ich folgte ihrem Blick und sah die zwei Mädchen, die ihr von der Treppe der Fünf aus zuwinkten.

»Danke für das Buch«, sagte Ema. Sie hüpfte förmlich über die Wiese, sie war jetzt so aufgeregt wie ich, und im Nachhinein wünsche ich mir, ich hätte ihr an diesem Nachmittag Mut zugesprochen.

»War es nicht so gut?«, das fragte ich sie, als sie zurückkam.

Ich hatte die Bandagen wieder abgenommen, nachdem sie verschwunden war, und war noch nicht einmal dazu gekommen, sie aufzurollen.

Ema ließ sich neben mich auf die Decke fallen und blickte starr auf die Stelle unter dem Balkon, an der wir seit mehreren Tagen nach etwas suchten, ohne zu wissen, was es eigentlich war.

»Was ich dich noch fragen wollte«, sagte ich, »wie gefällt dir eigentlich das Buch?«

21

»Hast du Feuer?«

Ich hatte kein Feuer, das wusste Stefan genau. Er saß neben mir unter dem Balkon, eine Zigarette zwischen den Fingern, und tastete seine Taschen ab, mit diesem herablassenden Blick, den er sich in den letzten zwei Wochen angewöhnt hatte. Ich setzte den Schraubenzieher an und schlug einen wahren Splitterregen aus der Wand. Immer wenn ich Schicht hatte, kam Stefan dazu, doch wirklich dabei war er nicht. Er half nicht bei der Arbeit und betonte wieder und wieder, für wie blödsinnig er die Sache hielt und dass sie sowieso zu Ende sei, sobald sein Vater das Verschwinden seines Werkzeugs bemerken würde, was sicher nur noch eine Frage von Tagen war. Nur in Emas Anwesenheit nahm er manchmal selbst Schraubenzieher und Hammer zur Hand.

»Gib mal her, Heyn!«, sagte er auch diesmal und blies mir dabei Rauch ins Gesicht. Inzwischen hatte er sein eigenes Feuerzeug gefunden. Er sprach seltsam, eigentlich sprach er nicht mit mir, sondern mit ihr, und auch was er tat, schien er nur für sie zu tun. Weil ich nicht sofort reagierte, riss er mir das Werkzeug einfach aus der Hand. Er blickte mich an, als wäre er dabei, meinen Namen in mein Grabmal zu gravieren.

Aber er kannte den richtigen Winkel nicht, und er wusste nicht, wie kräftig er auf den Griff des Schraubenziehers schlagen musste. Am Stein tat sich rein gar nichts. Stefan nahm einen Zug von seiner Zigarette und machte weiter.

»Wie nennt ihr das?«, fragte Ema. »Flasche?«

»Jammerlappen«, sagte ich.

»Geht auch Lappen?«

»Loser. Wie in diesem Lied: I'm a loser, baby ...«

Ema schüttelte den Kopf.

»Aber das ist kein deutsches Wort.«

Stefan warf das Werkzeug in den Sand.

»Spaß«, sagte Ema, »ist doch nur Spaß. Sag mal, kann mein Vater sich das auch mal ausleihen?«

»Wofür denn?« Stefan nahm einen langen letzten Zug von seiner Zigarette. »Ist ja eigentlich auch egal. Da muss er meinen Vater fragen. Ist schließlich dessen Werkzeug.«

»Ich frage aber dich.«

»Und ich sage dir, dass dein Vater selbst fragen soll.«

Was sollte das? Stefan wusste doch genau, dass der Vater von Rajko und Ema sich kaum verständigen konnte. Er nickte allen Hausbewohnern freundlich zu, aber wenn ihn jemand ansprach, schüttelte er den Kopf.

»Er soll selbst kommen.« Stefan spuckte aus. »Er soll bei meinem Vater klingeln und ihn fragen.«

22

Es handelte sich um einen Kollektorgang, das habe ich aber erst hier gelernt. Kollektorgänge sind die Lebensadern aller Neubaugebiete, sozusagen. Sagt Hoffmann. In seinem Büro – erwähnte ich schon, dass er ungefähr die halbe Stadt von dort aus errichtet hat? – habe er damit zu tun gehabt. Jede Wohneinheit, erklärte er mir – und wirkte plötzlich so lebendig, wie ein Toter eben lebendig wirken kann –, jede Wohnung müsse ans Fernwärmenetz, an Strom-, Telekommunikations-, Wasser- und Abwasserleitungen angeschlossen werden. Der Kollektorgang befinde sich in der tiefsten, unterhalb des Bodenniveaus gelegenen Ebene des Gebäudes und verbinde die Häuser oder Aufgänge miteinander. Da die Versorgung der Bewohner jederzeit gewährleistet sein müsse, sei der Zutritt strengstens untersagt.

Danke, Hoffmann. Da habe ich noch was fürs Leben gelernt. Oder auch nicht.

Strengstens untersagt – so kann man es nennen. Man kann aber auch sagen: Stahltür innen, Gitter außen, und wo das Gitter fehlt, ein Klotz Beton. Wochenlang hatten wir uns daran abgearbeitet, im Schichtsystem an dem Stein herumgemeißelt. Und wofür? Ja, Hoffmann, das verstehst du nicht!

Es war ein enger Korridor mit unverputzten Wänden und niedriger Decke. An der Wand, die an den Hof grenzte, verliefen die Versorgungsrohre, daneben blieb ein schmaler Gang, der sich in der Dunkelheit verlor. Es war trist. Es war unheimlich. Es war großartig.

Es war Rajko, dem der Durchbruch gelang. Gemeinsam mit ihm sahen Stefan, Ema und ich auf das dunkle Loch, das sich vor uns aufgetan hatte. Sosehr er dagegen gewesen war, jetzt wollte Stefan unbedingt der Erste sein. Er drängelte sich vor, steckte schon mit dem Oberkörper im Loch, zog die Beine hinterher. Ema wollte ihm folgen, aber Rajko schob sie zur Seite. Ich war der Letzte, der sich hineinzwängte, und der Einzige, der sich dabei den Kopf stieß. Ich ließ mich auf ein dickes Rohr hinab, das mit grauem, erstaunlich weichem Kunststoff ummantelt war. Von dort sprang ich auf den Boden. Als sich meine Augen an die Dunkelheit gewöhnt hatten, sah ich unter dem Rohr die Brocken, die Rajko mit dem letzten, entscheidenden Schlag in den Gang gestoßen hatte.

Langsam wagten wir uns vor, zunächst leise und Schritt für Schritt. Aber bald dachten wir nicht mehr an die, die über uns Radio hörten oder Bier tranken oder Prospekte des frisch eröffneten Supermarkts durchblätterten. Wir rannten und rannten, und der Gang machte vielleicht einen Knick, führte vielleicht um eine Ecke und um noch eine, aber so weit wir auch liefen: Ein Ende war nicht in Sicht. Manchmal blieben wir unter einem vergitterten Fenster stehen und versuchten, einen Gesprächsfetzen von draußen aufzuschnappen, um herauszufinden, wie weit wir schon gelaufen waren. Wie viele Höfe würden wir durch diesen Gang erreichen können, wie weit war unsere Welt geworden?

Schließlich wollten Stefan und Rajko umkehren, sie wollten schauen, wohin der Gang in der anderen Richtung führte. Im Rausch schienen sie völlig vergessen zu haben, dass sie einander nicht mochten. Ema und mich ließen sie zurück, und ich zögerte den Moment, bis wir ihnen nachliefen, so lange wie möglich heraus – wenn es nach mir gegangen wäre, dann wären wir dem Gang einfach weiter gefolgt, immer weiter, endlos, in alle Ewigkeit.

23

Wo ich war, als die Mauer fiel, will Hoffmann wissen. Er selbst sei früh zu Bett gegangen, und ich stelle mir seine Träume klar umrissen vor, wie auf Transparentpapier übertragene Vervielfältigungen seiner Baupläne. Auch die Bäume, die Wellen des

Meeres, die Geister sind darin eckig. Er habe sich die Nacht hindurch gewälzt, sagt er und sieht heute darin ein Vorzeichen für die schwierigen Zeiten, die ihm bevorstanden. Am Kleiderschrank, der zu Füßen des schlafenden Hoffmanns stand, warteten damals jedoch, säuberlich auf einen Bügel gehängt, Hoffmanns Kleider für den neuen Tag. Erinnern kann Hoffmann sich nur an die Krawatte. Ist es Zufall, fragt er sich, dass er an jenem Tag die *Juwel* trug, die ihm auch für seine letzte Reise umgebunden wurde? Nun sitzt er also mit diesem musterlosen blutroten Kunstseidenstrick um den Hals neben mir und steckt schon wieder mittendrin in dem geschichtlichen Abriss, den ich mir bereits ein paar Mal anhören durfte. Manchmal denke ich, er wäre bestimmt gern ein tapferer Soldat gewesen, dem seine Verlobte zum Abschied ein Halstuch umlegt, auf dass die Liebe den Krieg übersteht.

Hoffmann ging an jenem Tag also nicht mit blankem Nacken ins Büro. Und sicher band er sich auch einen Schlips um, als er nach der Kündigung seine Habseligkeiten hinaustrug. Ich kann mir gut vorstellen, wie er, von einem Kreuzknoten zusammengehalten, Formulare ausfüllte, von denen er nur die Hälfte verstand – und die er selbst natürlich wesentlich systematischer hätte erstellen können. Und wahrscheinlich war er der Einzige, der mit einer Krawatte um den Hals in den Forst gefahren ist, um dort Sand zu sieben. Er wusste alles über diesen Sand und konnte detailliert Auskunft geben, wofür er verwendet wurde. Wie konnte man da nur auf die Idee kommen, dieses Wissen verschüttgehen zu lassen! Hoffmann stand im Wald, und überall dieser Sand. Und dort geschah es auch, dass man ihn tagsüber ohne sah: Er war nicht faul, nicht inkonsequent und nicht vergesslich gewesen – er hatte sich die Krawatte vom Hals gerissen, weil er das Gefühl hatte zu ersticken. Aber auch das linderte nicht den Schmerz in seiner Brust, und als der Krankenwagen endlich das unwegsame Gelände erreicht hatte, hatte Hoffmanns Herz längst aufgehört zu schlagen.

24

Wenn man meinen Vater und Hoffmann auf ihre Gemeinsamkeiten aufmerksam machen würde, beide würden das weit von sich weisen – im Übrigen die nächste Gemeinsamkeit, aber ich will nicht zu spitzfindig sein. Auch mein Vater ging an dem Morgen, an dem Hoffmann sich seine Juwel umband, zur Arbeit, nur dass er in einer Latzhose steckte und Sicherheitsschuhe mit Stahlkappen trug. Und dass er in seinem Betrieb der Einzige war. Vaters Kollegen waren längst auf dem Weg in den Westen – um das zu sehen, was in Hoffmanns Bauplänen nicht verzeichnet war.

Die Hände meines Vaters hatten Stahl gebogen und Tore geschweißt, ich hatte es mit eigenen Augen gesehen. Wenige Monate nach jenem Tag zapften sie plötzlich Bier auf Volksfesten, strichen Parkbänke, lasen Müll von der Straße auf. Von Letzterem hat Stefan mir erzählt, er hat Vater dabei gesehen – und in einem seiner wenigen hellsichtigen Momente hat er ihn nicht angesprochen.

Seit einiger Zeit brauchte Vater diese Hände hauptsächlich, um sich festzuhalten – an den Stehtischen vor der *Quelle*. Anfangs hatte ich ihn häufig dorthin begleitet. Hatte gesehen, wie seine Hände die Platte des Stehtischs umklammerten. Hatte gehört, wie die Flaschen darauf klirrten, wenn Vater eine Hand löste, um mit der Faust auf den Tisch zu hauen und zu rufen:

»Was denken die sich eigentlich?« Oder: »Wofür halten die mich?«

Worüber Vater da sprach, verstand ich nicht. Ich war nicht einmal groß genug, um die klirrenden Flaschen zu sehen. Ich stand nur dabei, weil mir Vater oder einer der anderen Männer manchmal eine Limo spendierte.

Ob Vater bei der *Quelle* war, als Rajko das Fenster aufbrach und wir zum ersten Mal in den Gang unter unserem Wohnblock stiegen? Bestimmt war er dort. Er war immer dort, und fast immer schaffte er es, zur verabredeten Zeit zu Hause zu sein.

Nur an einem Tag in diesen Sommerferien – war es der Tag, als Rajko der Durchbruch gelang? Wie kann es sein, dass ich das nicht mehr weiß? – kam er nicht nur spät, er hatte auch seinen Schlüssel vergessen. Ich schlief schon fest, als er mit einem Ast gegen mein Fenster schlug, um Mutter ja nicht zu wecken. Ich öffnete ihm und huschte zurück ins Bett, und nachdem er die Schuhe ausgezogen hatte, kam er in mein Zimmer, strich mir mit der Hand über den Kopf und sagte: »Hab mich angestrengt.« Oder: »Hast dich angestrengt.« Oder vielleicht sagte er etwas anderes. Und obwohl sein Atem unerträglich war, gelang es mir, mit geschlossenen Augen und ohne eine Bewegung unter meiner Decke zu liegen.

Die Worte, mit denen Mutter ihn empfing, hörte ich gedämpft durch mein Kissen.

25

Alkohol, Drogen, Vandalismus – das ist in etwa das, was Hoffmann sich unter unseren Ausflügen in den Kollektorgang vorstellt. Sich mit Hoffmann zu unterhalten, ist ungefähr so amüsant, wie diese Formulare auszufüllen, über die Hoffmann immer wieder schimpft. Dabei brauche ich auf einem Friedhof nicht unbedingt noch mehr Kreuze. Und manchmal gibt es mehr als eine Antwort. Ja. Nein. Vielleicht.

Es war Rajko, der unbedingt hatte herausfinden wollen, was sich hinter dem zugemauerten Fenster verbarg. Stefan hatte ihn ausgelacht, Ema hatte ihm Vorwürfe gemacht, ich hatte einfach mitgemacht. Aber als der Weg einmal frei war, waren wir alle nur noch im Gang.

Warum? Nun, ich kann nur für mich sprechen. Aber dafür habe ich einige Erklärungen im Angebot.

Nummer eins: Abwechslung. Das muss ich einem Stubenhocker wie Hoffmann selbstverständlich nicht erklären. Und jeder, der seine Kindheit auf einem Hinterhof verbracht hat, wird es sofort verstehen.

Theorie zwei: Sicherheit. Zuerst hatte ich das gar nicht mitbekommen. Aber je mehr Zeit ich mit Rajko verbrachte, umso häufiger hörte ich, was man ihm nachrief, und es gelang ihm auch nicht mehr, die Messerschnitte im Sattel seines Klapprads oder die neben seinem Klingelschild eingeritzten Symbole vor mir zu verbergen.

Grund drei: Ema.

An dieser Stelle höre ich mal auf. Am Ende beantworte ich die Frage noch genau so, wie einer wie Hoffmann sich das vorstellt. Natürlich haben wir die Wände bekritzelt und mit Postern verziert. Klar, dass auch mal einer von uns die Bar seiner Eltern erleichtert hat. Logisch, dass wir uns da unten eingerichtet und auf einem ausrangierten Radio Grunge und Balkanrock hörten.

Doch viel wichtiger war wahrscheinlich das, Hoffmann: Seit wir denken konnten, hatte sich unser Leben in Vierecken abgespielt, und dabei war das große Viereck des Hofs nur wenig besser gewesen als die kleineren Vierecke, die unsere Klassenräume oder Zimmer waren.

Und nun war da ein Weg, der einfach kein Ende nahm.

26

Ich hatte mit Rajko einen besonders dunklen Abschnitt des Ganges erkunden wollen, einen Abzweig, den wir noch nicht erschlossen hatten und der – so schreit Hoffmann dazwischen – auch nirgendwo hinführen würde. Ich hatte mich mal wieder um Batterien für die Taschenlampe kümmern sollen und es in der Aufregung der vergangenen Tage einfach vergessen, und so musste ich noch einmal zurück.

»Lass mich ... Hör auf damit ... Bitte nicht!«

Ich hörte Emas Stimme weit vor dem Lager, das wir uns im Kollektorgang eingerichtet hatten, und mit jedem Schritt verstand ich die Worte besser. Wenn Stefan überhaupt etwas erwiderte, dann konnte ich es nicht verstehen. Die beiden lagen auf zwei Couchpolstern, die wir aus dem Sperrmüll gezogen hatten. Das heißt: Nur Ema lag. Stefan saß eher, halb neben ihr, halb auf ihr. Ich kauerte mich hinter einen Pfeiler. Dabei musste ich eigentlich hingehen und Stefan wegreißen. Ich musste ihn gegen die Wand schubsen, musste ihm eine verpassen. Ich musste ihn auf jeden Fall zur Rede stellen, musste zumindest so laut auf unser Lager zugehen, dass er von ihr abließ. Ich durfte nicht zulassen, dass er sie gegen ihren Willen – was tat er da eigentlich? Und warum hörte Rajko die Stimme seiner Schwester nicht? Warum schaute er nicht, wo ich blieb? Warum musste überhaupt ich schon wieder die Batterien besorgen? Sein Vater besaß doch wohl auch Batterien. Batterien konnte sich doch wohl jeder leisten. Oder etwa nicht? Und überhaupt: Warum redete Ema nur, warum wehrte sie sich nicht?

»Stefan«, sagte sie jetzt, »hör auf.«

Und warum kauerte ich immer noch hier? Konnte ich meine Beine wirklich nicht mehr bewegen? Meine Gedanken drehten sich immer schneller, und ich merkte viel zu spät, wie mir Mutters Mikrowellenessen hochkam.

»Heyn?«

Es ist überaus schwer, leise zu kotzen. Ich möchte sagen unmöglich. Ich habe es wirklich versucht, und doch stand Sekunden später Stefan hinter mir und legte mir eine Hand in den Nacken.

»Alles klar?«, murmelte er.

Als es vorbei war, wand ich mich aus seinem Griff und lehnte mich gegen den Pfeiler.

»Hast du was Schlechtes gegessen?« Es war eine dumme Frage, gestellt von jemandem, der etwas zu verbergen hatte.

»Dachte, ich schaff es noch nach draußen.« Ich schob mich an Stefan vorbei und hielt mich aufrecht, so gut es ging. Neben den Couchpolstern ließ ich mich auf den blanken Boden sinken. Wenn Stefan mit seinen Händen Emas Kleidung oder ihre Haare in Unordnung gebracht hatte, dann hatte sie die Zeit genutzt, um alle Spuren zu beseitigen.

»Alles klar?«, fragte auch sie und sah mich dabei nicht an.

»Klar«, sagte ich. »Und bei dir?«

Bevor sie antworten konnte, hörte ich Rajko.

»Wo bleibst du denn?«, rief er. »Und warum stinkt es hier so?«

27

Ein oder zwei Tage später standen wir wieder an dem Abzweig, der noch immer so dunkel war, dass man ohne Licht kaum die Hand vor Augen sehen konnte, und den Hoffmann in einem seiner architektonischen Wutausbrüche gerade als *Wurmfortsatz* der Blöcke bezeichnet hat. Stefan machte ein paar Schritte in die Dunkelheit, dann blickte er sich um. Rajko nickte ihm zu. Es war ein hässliches Nicken – ein Nicken, das mich an den Häuptling der Schausteller denken ließ, den er mir beschrieben hatte.

»Mach schon! Wir kommen nach«, sagte er, und zum ersten Mal wurde mir bewusst, dass er solche Anweisungen ohne Akzent hervorbrachte.

Trotz der Dunkelheit sah ich, wie sich in Stefans Gesicht etwas veränderte – wie ihm aufging, in welcher Lage er sich befand. Ich weiß noch, dass ich ihn, so sehr ich auch wollte, nicht mehr in Schutz nehmen konnte, und Stefan drehte sich um und ging los.

Seine Schritte wurden leiser, und dann verstummten sie plötzlich.

»Nicht stehen bleiben«, sagte Rajko. »Weiter.«

Ich überlegte, wie ich Rajko klarmachen konnte, was ich von der Sache hielt. Aber mit einem Mal polterte es und ein entsetzliches Geräusch setzte ein, das ich erst im zweiten Moment als

Hundegebell erkannte. Es war so laut, dass es selbst Stefans Schreie fast verschluckte. Von einem Moment auf den anderen schälte sich seine Silhouette aus der Dunkelheit, er rannte auf uns zu, an uns vorbei und den Gang entlang.

Ich wollte ihm folgen, aber Rajko hielt mich am Arm zurück. Er knipste seine Taschenlampe an, spärlich leuchtete sie uns den Weg.

Die Wände waren hier ohne Fenster, der Boden bedeckt mit Staub, in dem sich schwach die Abdrücke von Stefans Schuhen abzeichneten. Es war jetzt still, und wir wagten uns immer weiter vor, bis ein Holzgitter uns den Weg versperrte. Zwischen den Streben funkelten zwei schwarze, runde Augen. Es war die Rückseite eines Kellerabteils, und der Hund, der uns anstarrte, war kleiner, als sein Bellen hatte vermuten lassen. Eine Weile tat er nichts, und dann, als würde er sich daran erinnern, wie er Fremden zu begegnen hatte, öffnete er das Maul und warf sich unter lautem Gebell gegen das Gitter.

Wir warteten, bis er genug gewütet hatte und sich in eine Ecke des Kellers zurückzog.

»Am Ende laufen sie immer davon«, sagte Rajko neben mir, und in diesem Moment wusste ich genau, was er meinte.

28

»Seht ihr?«

Es war nicht zu übersehen. Etwa fünfzig Meter hinter dem Abzweig zum Blinddarm gab es ein Fenster, das sich von innen öffnen ließ. Stefan hatte es uns gezeigt. Wenn man sich direkt darunter stellte, konnte man den Himmel sehen.

Ich hielt Ema meine Hand hin, um ihr auf das Rohr zu helfen. Aber sie ignorierte meine Geste. Erst beim dritten Anlauf kam sie nach oben.

»Erst wollt ihr unbedingt hier rein«, schimpfte sie vor sich hin, »und jetzt wollt ihr wieder raus.«

Es war ein Hof, der auf den ersten Blick unserem glich, nur dass etwas fehlte: Es gab keine Kinder. Hier gab es nur Stille, die wie ein fieser Schmerz zwischen den Blöcken pulsierte. Und als mein Blick weiterwanderte, wusste ich, an wem das lag. Ich hatte gedacht, ich wäre ihn los – und nun stand er da, zwei Aufgänge weiter, und schien nicht sonderlich überrascht von unserem Anblick. Immerhin schien er aber auch nicht gesehen zu haben, wie wir es in seinen Hof geschafft hatten.

Wenige Dinge waren unsympathischer als Nicki, aber sein Hund gehörte definitiv dazu. Im Halbdunkel des Kellers hatte ich ihn kaum gesehen, erst bei Tageslicht offenbarte sich seine ganze Hässlichkeit. Bestimmt musste man diese Rasse kennen. Es war jedenfalls eine, bei deren Zucht vor allem auf einen kompakten Körperbau und ein gefährliches Gebiss Wert gelegt wird. Ohne uns aus den Augen zu lassen, ging Nicki in die Knie und flüsterte dem Hund etwas in sein hässliches Ohr.

Was machen wir hier, dachte ich noch, warum sind wir gleich alle vier nach draußen gestiegen? Wir können ja nicht einmal zurück in den Gang, ohne dass Nicki von unserem Geheimnis erfährt. Bevor ich über eine andere Fluchtmöglichkeit nachdenken konnte, rannte der Hund schon auf uns zu. Im Lauf flog Speichel von seinen Lefzen.

Ich drehte mich weg, aber Rajko murmelte: »Ruhig bleiben. Ganz ruhig.«

Er machte einen Schritt nach vorn und nahm die Fäuste hoch. Der Hund wetzte auf ihn zu, dann sprang er ab. Im Flug streckte sich sein Körper und wirkte dabei fast elegant.

Als er uns fast erreicht hatte, versetzte Rajko dem Hund einen Seitwärtshaken gegen den Rumpf. Das Tier flog durch die Luft und knallte mit einem dumpfen Geräusch gegen eine Hauswand. Mit demselben Geräusch fiel es zu Boden.

Rajko blieb in seiner Stellung, auch Nicki rührte sich nicht. Der Hund jaulte, kam mühsam auf seine vier Beine und schüttelte sich. In einem weiten Bogen kehrte er zu seinem Herrchen zurück.

Nicki nahm ihn an die Leine. Er blickte noch einmal zu uns und verschwand mit dem Tier im Hauseingang.

Erst als die Tür ins Schloss fiel, nahm Rajko die Fäuste herunter, und Ema ließ meine Hand wieder los.

29

Mutter hatte studiert. Keine Ahnung, was das zu bedeuten hatte. Muss man studieren, um in einem Hort zu arbeiten? In jedem Fall verhielt sie sich nicht sonderlich rational. Bestrafungen schienen sich eher an Vaters Verhalten als an meinem zu orientieren. Herrschte Frieden zwischen den beiden, hatte ich kaum etwas zu befürchten. Gab es Krach, konnte ein Brandfleck in den Jeans für Hausarrest reichen.

Auch Spontanität war nicht gerade ihre Stärke, wenn ihr mich fragt. So hielt sie stur daran fest, sich wie die Mutter eines Grundschülers zu verhalten – wo doch offenkundig bereits eine andere Epoche angebrochen war. Sie weigerte sich schlicht, den nächsten Schritt zu machen, beispielsweise einzusehen, dass die Micky-Maus-Tapete in meinem Zimmer – möglicherweise war ich ein halbes Jahr zuvor noch unter den Befürwortern gewesen – schnellstens von den Wänden musste.

Was würden Kinder ihren Eltern auferlegen, wenn sie willkürlich Regeln aufstellen und deren Einhaltung überwachen könnten? Ich hatte viel Zeit gehabt, darüber nachzudenken. Mutter hätte ich verboten, in ihren Illustrierten zu blättern, auf dass sie nicht mehr ihre kleinen langweiligen Gespräche am Telefon führen konnte. Ich hätte ihr die Vorabendserien abgedreht, so lange, bis sie den Anschluss verloren hätte. Ich hätte ihre Kippen eingezogen und behalten, bis sie mich mit Kaugummizigaretten überschüttet hätte, um sie wiederzubekommen.

Aber da mir die Mittel fehlten, meine Launen durchzusetzen, saß ich mal wieder mit exakt siebenundfünfzig Comic-Mäusen in meinem Zimmer fest, in dem mir kaum mehr zur Verfügung stand als Bücher, die ich alle bereits gelesen hatte, ein Radio, das nicht laut aufgedreht werden durfte, und meine Rachepläne, sollte sich das Machtgefälle doch einmal verschieben.

Und so sah ich auch nur durch die Scheibe, wie Rajko über den Hof rannte, drei hinter ihm her. Es dämmerte bereits. Wäre in diesem Moment jemand in mein Zimmer gekommen und hätte das Licht angeschaltet, man hätte mich sofort gesehen.

Rajko erreichte die Vier, er hantierte mit dem Schlüssel. Die Tür öffnete sich, dann hatten sie ihn. Sie rissen Rajko die Treppe herunter, einen schickte er mit einem Kinnhaken zu Boden. Die beiden anderen warfen sich auf ihn. Rajko schrie. Durch die Scheibe hörte ich ihn schreien.

Sie nahmen seinen Arm und drehten ihn auf den Rücken. Sie fassten ihn bei den Haaren und schlugen seinen Kopf auf die unterste Stufe der Treppe.

Rajko wehrte sich nicht mehr. Im Liegen blickte er genau in meine Richtung, aber er konnte mich nicht sehen.

Bestimmt konnte er mich nicht sehen. Ich aber sah, wie sie ihn aufrichteten.

Zu dritt standen sie vor ihm, der in der Mitte sagte etwas.

Rajko schüttelte den Kopf.

Der in der Mitte sagte etwas.

Rajko spuckte ihm auf die Stiefel.

Der in der Mitte schüttelte den Kopf. Er ging davon.

Nun wären es zwei gegen zwei gewesen. Aber ich hatte doch Hausarrest!

Sie zogen Rajko hoch. Mit seinem Schlüssel öffneten sie die Tür. Ich fragte mich, was sie in seinem Haus wollten. Ich fragte mich, wie sie überhaupt auf den Hof gekommen waren.

Sie wollten nicht in sein Haus.

Sie zogen ihn zur offenen Tür. Der eine hielt Rajko fest. Der andere führte Rajkos Hand in den Türspalt. Ich sah nicht, wie sie die Tür zuschlugen, ich hatte mich bereits abgewendet. Aber ich hörte Rajko schreien.

Sobald sie vom Hof waren, rannte ich aus dem Zimmer. Ganz gleich, was Mutter sich ausgedacht hatte, ich musste Rajko helfen! Ich kam nicht weit. Mutter und Vater saßen am Esstisch, Ordner und Papiere waren darauf ausgebreitet. Ich kannte dieses Bild genau, wusste, dass es der Auftakt für einen Abend war, an dem der geringste Widerspruch mich in die ewige Verdammnis bringen konnte.

Als ich wieder aus dem Fenster sah, war Rajko verschwunden.

30

»Er macht dasselbe, was er vorher gemacht hat – nichts. Er sitzt da und will Rache. Aber ohne mich.« Ema sah mich an, aber ich hatte nicht das Gefühl, dass sie mich wahrnahm. »Das ist das letzte Mal, dass du mich hier unten sehen wirst.«

Ich hatte es immer gemocht, mit Ema im Gang unterwegs zu sein, aber diesmal war es anders. Irgendwie mussten die drei, die Rajko überwältigt hatten, unbemerkt in unseren Hof gekommen sein, und langsam wurde mir klar, dass der Gang etwas damit zu tun hatte. Ich hatte Ema eigentlich nicht mitnehmen wollen, aber wenn ich die Sachen durch das aufgebrochene Fenster befördern wollte, brauchte ich Hilfe. Sobald Rajko wieder gesund war, konnten wir uns ja wieder dort einrichten.

»Nimm die Kassetten«, sagte ich. »Und die Decken da drüben. Kannst du das tragen?«

»Ich habe es von Anfang an für eine Idiotenidee gehalten, und ich halte es immer noch für eine Idiotenidee.« Wütend trat Ema gegen die Kissen, die in der Ecke lagen.

Ich wickelte das Radio in eine Decke und klemmte mir das unhandliche Paket unter den Arm.

»Schau mal«, sagte ich und zeigte auf eine Wand. »Siehst du das?«

»Klar. Das haben wir gemalt. Erst letzte Woche.«

»Bist du sicher? Vielleicht ist es auch eine Höhlenmalerei.« Ich fuhr mit dem Finger die Zeichnungen nach. »Sie könnte für die Wissenschaft von großem Wert sein.«

»Du spinnst.«

»Wenn ich es dir doch sage. Diese Zeichnungen sind bestimmt tausend Jahre alt. Oder zehntausend. Oder noch viel älter.«

»Sehr begabt scheinen unsere Vorfahren nicht gewesen zu sein«, sagte Ema, und doch hob auch sie die Hand und berührte die schwarzen Linien.

Es war ruhig im Gang, und es war nur noch eine Frage der Zeit, bis unsere Finger sich auf einer der Linien begegnen würden.

Aber bevor Ema und ich uns weiter über die Geschichte der Menschheit austauschen konnten, hörten wir plötzlich Schritte. Es waren die Schritte von zu vielen Füßen, und sie kamen viel zu schnell näher. Vor allem kamen sie aus einer Richtung, aus der sie nicht kommen durften. Ich ließ die Decke mitsamt dem Radio fallen und rannte los.

Rechts und links Rohre, schwarze Pfeile auf gelben Hinweisschildern, ab und an das grüne Licht einer Notausgangsleuchte. Ich rannte durch den Gang. Ich rannte dahin, wohin wir die Utensilien unseres Lagers hatten retten wollen – aber meine Hände waren leer.

»Scheiße, die haben uns!« Das war Stefans Stimme. Wo kam der plötzlich her? Schon hatte er Ema und mich eingeholt. Ich achtete darauf, hinter Ema zu bleiben. Wieso lief sie nicht schneller? Um die Ecke, über eine kleine Brücke, die über noch mehr Leitungen führte, neonfarbene Warnstreifen markierten die Stufen, dann das Loch in der Wand. Ich sprang auf das Rohr, stellte mich breitbeinig hin und schob meine Finger auf Hüfthöhe ineinander. Stefan setzte einen Fuß auf meine Handflächen, ich hievte ihn nach oben. Dann war Ema dran, diesmal nahm sie meine Hilfe an. Als sie draußen war, sprang ich hoch, aber es gelang mir nicht, mich hinaufzuziehen. Ich suchte mit den Füßen Halt, und bevor ich abrutschen konnte, packte mich von oben jemand und zog mich nach draußen.

Aber das war nicht Stefan.

Und Ema war es auch nicht.

Das war einer von Nickis Leuten. Er drückte mich in den Sand und kniete sich auf meine Arme, und im nächsten Moment spürte ich eine kalte Messerklinge an meinem Hals.

Neben mir drückte sich Ema gegen die Hauswand.

Es raschelte im Gebüsch, und der Typ ließ mich los.

»Zu schade, dass der Boxer euch gerade nicht beschützen kann.« Nicki war da, und seinen Hund hatte er auch nicht vergessen. »Ich habe gehört, ihm ist was echt Übles passiert.«

Ich wollte etwas sagen, aber Ema war schneller. Sie spuckte vor Nicki in den Sand.

Ein scharfer Blick von Nicki genügte, und Stefan wandte sich Ema zu. Bedächtig, fast zärtlich, löste er das Tuch von ihrem Handgelenk.

»Das hier gehörte jemandem, der dir sehr wichtig war«, sagte Nicki. »Richtig?«

Stefan sagte nichts dazu, und so laut, wie das Blut in meinen Ohren rauschte, hätte ich es wahrscheinlich auch nicht verstanden. Deswegen war er so plötzlich im Gang aufgetaucht: Stefan hatte Nickis Leute hierhergeführt. Vielleicht hatte er uns sogar schon absichtlich in Nickis Hof gelotst. Stefan hatte alles gewusst – und jetzt wusste es Nicki.

»Aber mach dir keine Sorgen«, fuhr Nicki fort, »ich werde die Tradition fortsetzen. Auch ich gebe das Tuch jemandem, der mir sehr wichtig ist.«

Er kniete sich hin und band Emas Tuch um den Hals seines Hundes. Dann kam er wieder auf die Beine.

»Ich will euch da unten nicht mehr sehen.« Nicki deutete auf das Loch in der Wand. Das Loch, das wir aufgebrochen hatten. »Das alles gehört jetzt mir. Verstanden?«

31

Habe ich schon erwähnt, dass es durchaus ernüchternd sein kann zu wissen, dass man Tag für Tag auf einem Grabstein hocken wird, bis ans Ende aller Zeiten? Oder besser: bis ans Ende der Ruhezeit?

Ich lese so viel mehr, seit ich tot bin! Ich giere nach jeder Zeitungsseite, die der Wind vorbeiweht – diese unbeholfenen Traueranzeigen! –, nach jedem Beipackzettel, der, warum auch immer, durch die Welt flattert – die Nebenwirkungen! –, nach jedem Supermarktprospekt, in das ihr eure Blumen wickelt – die Kaffeefahrten! Und was hier erst los ist, wenn die Verrückte mit dem Radio sich wieder einmal zu uns verirrt: Haltet sie, lasst sie nicht gehen! Wir wollen nur den Wetterbericht, eine Verkehrsmeldung oder wenigstens die Lottozahlen!

Wenn es kaum Zerstreuung gibt, wenn es verdammt nochmal einfach nichts zu tun gibt, entstehen Gerüchte. Die wildesten Spinnereien gehen hier von Grab zu Grab. Nichts ist süßer, wenn das eigene Sein – oder sollte ich eher sagen: Nicht-Sein? – überschaubar geworden ist! Und doch werde ich den Teufel tun, euch von der Linie zu erzählen. Ich weiß nicht, warum Hoffmann das Thema immer wieder aufbringt. Bei anderen Sachen ist er doch auch verschlossen wie die offiziellen Zugänge zum Kollektorgang!

Wie soll man überhaupt herausfinden, ob es jemand über die Linie geschafft hat, Hoffmann?

Die verwaisten Gräber. Jetzt fängt Hoffmann wieder mit den

verwaisten Gräbern an. Ob ich denn nicht die verwaisten Gräber sähe?

Logisch sehe ich sie, die Steine, auf denen niemand hockt, der sich sein Nicht-Sein schönreden muss. Aber ist das ein Beweis? Und wenn ja: wofür? Sind sie wirklich über die Linie gegangen? Sind sie wirklich erlöst worden, wie Hoffmann mir weismachen will, und zwar von einer wahrhaftigen Liebe? Aber was soll das sein, eine wahrhaftige Liebe? Und warum hat das niemand gesehen? Soll ich tatsächlich jetzt, im Tod, anfangen, an mehr zu glauben als an das, was ich sehe?

Nein, ich bleibe dabei: Die Linie ist ein Hirngespinst, das sich hartnäckig hält, erfunden von jenen, die zu schwach sind, um das auszuhalten, was das Leben ihnen angetan hat. Es gibt keine Möglichkeit, dem Tod zu entkommen, ihm nochmal zu entkommen! Es tut mir ja sehr leid, aber ich bin nun mal mit dreizehn gestorben. Es ist unmöglich, an eine zweite Chance zu glauben, wenn man nicht einmal eine erste hatte. Das Ende ist kein Zwischenschritt. Das Ende ist das Ende. Es ist besser, man findet sich gleich damit ab.

32

Ich hatte keine Angst, als der erste Stiefel meinen Rücken traf. Es zog auch nicht mein Leben an mir vorbei. Ich spürte, wie Ema mich an sich drückte, dass Rajko meine Hand hielt. Blut trübte mein Blickfeld, dann war ich weg.

Aber ich verließ meinen Körper nicht. Die Sache mit dem Schweben ist kompletter Unsinn. Ich war weg, dann war ich wieder da: Mein Körper lag in einem lichtdurchfluteten Zimmer. Im Krankenhaus, wie ich bald erfahren sollte. Ein neuer

Tag brach an, vielleicht hatten die Nacht hindurch Ärzte um mein Leben gekämpft.

Tür auf, meine Mutter stürzt herein. Kommt aber nur bis zu meinen Füßen. Sie sieht so müde aus, wie ich sie noch nie gesehen habe – und tatsächlich brauche ich einen Moment, bis ich verstehe, dass ich der Grund dafür bin.

Dann kommt mein Vater. Blickt auf den Boden, die ganze Zeit. Stellt sich neben mich und fingert an dem Laken herum, das man über mich geworfen hat – als könnte er an dem Stoff erfühlen, wie man sich in so einer Situation zu verhalten hat. Zum Glück ist er bald wieder raus. Dass Mutter noch geblieben ist, fand ich okay. Ich war sogar ein bisschen gerührt, damit hatte ich nicht gerechnet. Zuletzt waren wir uns so nahe gewesen, als ich mit Mittelohrentzündung im Bett gelegen und auch das Flüssigantibiotikum nicht gewirkt hatte.

Irgendwann machte sie sich los. Bevor die Tür zufiel, sah ich, wie Vater sie in die Arme nahm.

Das Nachleben sollte doch eine stille Geschichte sein. Das Gegenteil ist der Fall. Kaum waren meine Eltern weg, öffnete sich die Tür erneut. Ein fremder Mann warf mir ein Klemmbrett auf den Bauch, als würde er mir eine Auflistung meiner Vergehen vorlegen. Er rückte mein Laken zurecht, zog es mir aber schließlich über die Augen – es war so dünn, dass ich dennoch sehen konnte, wie er mich auf meiner Bahre aus dem Raum bugsierte. Nächster Halt: Erdgeschoss – nein, bis hinab in den Keller ging es. Weiter in einen unscheinbaren Raum mit großen weißen Bodenfliesen und kleineren Fliesen an den Wänden und mit einem konstanten Brummen in der Luft, das von großen Kühlfächern herrührte. Ich bekam einen Zettel an den Zeh, damit war mein Fall für diesen Mann erledigt.

Es war kalt. Es war dunkel. Es war laut. War das der Tod?

Oder war ich doch noch irgendwie am Leben? Manchmal meinte ich ein Wispern zu hören und bildete mir für Sekunden ein, ich sei nicht allein. Aber eine Kühlkammer ist der falsche Ort, um nach Hilfe zu rufen. Man sollte dort schreien, wo man auch gehört werden kann.

Irgendwann wurde ich wieder ans Licht gezerrt: Zwei Männer waren gekommen, um mich mit eiskaltem Wasser zu waschen. Aus irgendeinem Grund hatten sie meine Lieblingsklamotten dabei. Oder nein – das waren die Sachen, in denen Mutter mich am liebsten gesehen hatte. Ich hatte das Holzfällerhemd und diese schwarze Hose nicht sonderlich gemocht. Warum zog Mutter sie mir nicht wenigstens selbst an? Wenige Stunden zuvor hätte ich nie im Leben zugelassen, dass Mutter meinem Körper zu nahe kam. Aber inzwischen lagen die Dinge ein wenig anders.

Ein flaches Holzschiff wurde neben mich gefahren, und erst als ich darin lag, wurde mir klar, dass es sich um meinen Sarg handelte. Trotz ihrer nicht sehr erfreulichen Arbeit hatten die beiden Männer gute Laune. Noch durch den geschlossenen Deckel hörte ich die lockeren Sprüche, mit denen sie sich vom Krankenhauspersonal verabschiedeten.

Blind ruckelte ich dem nächsten unbekannten Ziel entgegen. Nur dass mein Sarg auf einen Rollwagen umgelagert wurde, bekam ich mit, eine Schräge vor einer Eingangstür, die Schwelle eines Raumes, in dem es erneut stetig brummte.

Als sich der Deckel des Sargs öffnete, wurden meine Augen sofort zugedrückt. Ich versuchte, durch die geschlossenen Lider hindurchzulinsen, und sah einen in warmen Farbtönen gehaltenen Raum. Die beiden Männer, die mich geholt hatten, waren zurück und betteten mich zu meiner Überraschung in einen anderen Sarg, der um einiges bequemer war. Sie schoben meine steifen Gliedmaßen hin und her und breiteten schließlich über mir eine Decke aus, die sie an der Innenwand des Sarges festtackerten. Man muss sagen, dass sie richtig zuvorkommend waren. Sie cremten mich ein und kämmten mir die Haare. Nicht dass ich in den Monaten zuvor eine Frisur getragen hätte – aber ich musste zugeben, dass sich das ganz gut anfühlte. Schließlich schoben sie über der Decke noch meine Hände ineinander, und ich schämte mich für meine bräunlich verfärbten Nägel.

Ich musste erneut umziehen, aber meine Glückssträhne hielt an. Ich bekam nun ein Einzelzimmer, man brachte mir frische Blumen, neben mir flackerte eine Kerze. Man ließ mir einen Moment für mich, legte sogar Musik auf. Nicht unbedingt das, was ich selbst ausgewählt hätte, aber immer noch besser als die Geräusche eines Kühlaggregats.

Es versteht sich von selbst, dass die Ruhe nicht lange anhielt. Meine Eltern sahen nicht gut aus. Mutter schritt noch aufrecht in den Raum, fiel dann fast auf meinen Sarg. Ich spürte ihre Wange an meiner Hand, ihre Hand in meinen Haaren, Worte wie aus einer anderen Welt in meinem Ohr.

Als sie sich wieder aufrichtete, hielt Vater sie bei den Schultern. Dann näherte er sich dem Sarg, allerdings schien er eher die Qualität des Holzes prüfen zu wollen – als hätte er den Verdacht, dass man ihn betrogen hatte. Still saßen sie vor mir, und ich weiß nicht, ob es daran lag, dass ich die ganze Zeit die Augen zusammenkneifen musste, aber ich meine, dass irgendwann die Trauer von ihren Gesichtern wich – sie wirkten fast so, als hätten sie ein Wunder gesehen.

Ich hatte insgeheim gehofft, dass noch mehr Leute vorbeischauten – dass ich zumindest mit Ema oder Rajko noch einmal so zusammensitzen konnte. Stattdessen wurde der Deckel wieder geschlossen, wurde ich wieder umgelagert, erneut herumgefahren. Als ich schon gar nicht mehr damit rechnete, wurde der Sarg noch einmal aufgemacht. Ein hagerer Mann in einem weißen Kittel hatte mich geholt. War das der Tod? Aber der Tod kam doch nicht zu zweit, oder? Denn schon trat ein anderer Mann hinzu und machte sich scheinbar unendlich viele Notizen. Klemmbretter scheinen beim menschlichen Sterbeprozess eine nicht unwesentliche Rolle zu spielen. Der Mann mit dem weißen Kittel war komplette Routine. Wenn ich wirklich einmal Todesangst hatte in meinem Leben, dann in diesem Moment.

Alles Weitere erlebte ich mit geschlossenem Deckel. Mein Sarg bewegte sich plötzlich wie auf Schienen, und ich hörte, wie sich eine Klappe öffnete und wieder schloss. Kurz darauf wurde es heiß. Bevor ich richtig in Panik geraten konnte, ging mein Körper in Flammen auf. Ich gebe zu, ich habe gern gekokelt. Die Zündplättchen waren einfach nicht genug. Ich hatte kein Feuer für Stefan gehabt. Ich hatte allerdings von zu Hause ein Feuerzeug mitgehen lassen und damit die Kunststoffenden meiner Schnürsenkel versengt. Nach Stefans Verrat habe ich die silberne Shaq-Sammelkarte, die er mir geschenkt hatte, genüsslich vernichtet, in einem bläulichen Lichtbogen schrumpelte sie zusammen. Aber das hier war eine andere Nummer. Ich sah mich auf dem Bahndamm vor der Schule von einer Straßenbahn erfasst werden, stürzte vom Sprungturm in die Tiefe, wurde von Raketen in Fetzen gerissen, von einem Fausthieb in Stücke geschlagen. Mein Körper wurde zu Rauch, der durch den Schornstein zum Himmel stieg. Es blieb ein Häuflein Asche – aber ich war noch da.

33

Ich bin nie auf einer Trauerfeier gewesen, nur auf meiner eigenen. Meine Urne war schlicht, aber vorn in der Kapelle stand sie wie auf einer Bühne. Der Redner machte seine Sache gut, auch wenn sein Thema – ich – nicht sonderlich spannend war. Es wurde Musik gespielt, die diesmal klar vom CD-Turm in meinem Zimmer inspiriert war – und ich kann mir nicht vorstellen, dass das jedem gefiel. Mutter weinte fürchterlich, Vater verhielt sich fürchterlich. Meine Großeltern zogen fürchterliche Gesichter. Es waren viele Leute gekommen, in deren Anwesenheit ich mich immer ziemlich fürchterlich gefühlt hatte, Onkel Hamburg mit dem Glasauge zum Beispiel, Schokoladenpakete hin oder her. Das Licht blendete mich, sodass ich die hinteren Reihen nicht erkennen konnte. Rajko kann aber nicht dagewesen sein. Selbst wenn Hoffmann falschliegt, das hätte ich mitbekommen. Und Ema auch nicht – wenn sie dabei gewesen wäre, dann wäre ich heute nicht hier.

Zumindest wenn ich Hoffmann Glauben schenken will.

Ich war ein guter Sohn. Ich war ein guter Freund. Ich war ein guter Schüler. Wie die Leute reden können, sobald sie erst einmal keinen Widerspruch zu fürchten haben! Es tat so gut, das zu hören – fast hätte ich selbst daran geglaubt.

Jemand, den ich noch nie zuvor gesehen hatte, nahm meine Urne vom Sockel und trug sie bedächtigen Schrittes durch den Mittelgang nach draußen. An das leuchtende Weiß seiner Handschuhe erinnere ich mich genau.

All die Gräber, die ich inzwischen zur Genüge kenne, sah ich zum ersten Mal. Es war ein Tag, wie ich ihn am liebsten hatte. Viel Sonne, aber nicht zu heiß. Mit einem leichten Wind, wie ich am Rauch aus dem Krematoriumsschlot erkennen konnte. Ich fragte mich, wessen Körper sich dort wohl gerade in alle Himmelsrichtungen zerstreute und ob derjenige im ersten Moment genauso viel Angst gehabt hatte wie ich.

In diesem Loch würde meine Urne verschwinden. Mutter und Vater stellten sich neben dem Träger auf, dann wurden meine Überreste in der angemessenen Geschwindigkeit in der Erde versenkt. Während meine Eltern sich das Beileid aussprechen ließen, inspizierte ich bereits mein Grabmal. Es erschien mir nicht geschmacklos, allerdings hatte ich mich bis dahin nie mit geschliffenem Stein beschäftigt. Als ich mich umdrehte, waren die ersten Trauergäste bereits verschwunden.

Wir werden dich nie vergessen.

In stillem Gedenken.

Ein letzter Gruß.

Zu einem großen Haufen türmten sich die Gebinde auf meinem Grab. Auch viele meiner alten Mitschüler waren gekommen. Und ich dachte daran, dass meine neue Klasse am Gymnasium nie erfahren würde, dass sie noch einen Mitschüler gehabt hätte, der jeden Morgen in das Viertel geradelt wäre, das man vom Dach der Blöcke gerade so sehen konnte.

Irgendwann ging auch Vater fort. Allein mit Mutter war ich bereits in der Klinik und beim Bestatter gewesen. Aber ohne einen Körper war es eine andere Geschichte. Ich heulte ungefähr so wie damals, als Stefan und ich vor dem Haus dieses Teerfass gefunden hatten und Vater meine Hände am Abend mit Terpentin geschrubbt hatte. Und als Mutter sich schließlich erhob und, die Arme eng um den Oberkörper geschlungen, losging, da war es noch schlimmer. Schluchzend saß ich da und blickte auf mein mit Trauerflor versehenes neues Zuhause, und erst viel später nahm ich den Fremden wahr, der so gelangweilt ne-

ben mir auf seinem Stein hockte, als hätte er solche Betroffen-
heit schon zum Überdruss erlebt.

Er hatte sie schon zum Überdruss erlebt.

Es war Hoffmann.

34

Du warst so jung,
Du starbst so früh,
Wer dich gekannt,
Vergisst dich nie.

Mario Heyn
18.12.1980–18.08.1994

ZWEITER TEIL

35

Ohne Rajko erschien mir die Sporthalle abweisend. Der lange Flur, von dem die Umkleidekabinen abgingen, war düster, die nur von vereinzelten Schlägen gestörte Stille unheimlich. Ich gab mir alle Mühe, die Übungen nicht zu stören, und fuhr herum, als ich plötzlich das Schnaufen des Trainers wahrnahm.

Rajko hatte mich gebeten, ihn zu entschuldigen. Sie hatten keinen Telefonanschluss, und er wollte es seinem Vater wohl nicht zumuten, in der fremden Sprache auch noch die Angelegenheiten seines Sohnes zu klären. Ich war gekommen, weil ich dachte, dass der Trainer sich vielleicht an mich erinnern würde.

»Das ist natürlich schade«, sagte er.

Ich suchte in seinem Gesicht nach einer Spur des Bedauerns.

»Nein, er hat nichts gesagt.« Er nickte mir zu und ging zu Stefan, der in einer Ecke der Halle an einem Punchingball arbeitete. Statt Stefan zur Rede zu stellen, machte er sich rotschwarze Pratzen an den Händen fest. Stefan hieb verbissen nach den Schaumstoffkissen mit den weißen Zielpunkten, er schien mich nicht bemerkt zu haben.

Ich hatte meine Schuldigkeit getan, und ich war mir auch nicht sicher, ob Rajko die Reaktion seines Trainers überhaupt etwas ausmachen würde. Vielleicht war das in diesem Sport die gängige Art und Weise, mit Verletzungen umzugehen.

»Heyn?«

Ich hatte die Hand schon auf der Türklinke gehabt.

»Heyn!« Stefan war außer Atem. »Alles klar?«

Ich bewegte den Kopf und konnte selbst nicht sagen, was es bedeuten sollte.

»Weißt du noch?«, fragte Stefan. »Als wir gesagt haben, alles bleibt wie immer. Wie lange ist das jetzt her?«

»Haben wir das?« Ich wollte weitersprechen. Aber ich konnte ihn nicht einmal ansehen. Schließlich drehte er sich um und ging in die Halle zurück. Ich hatte die Türklinke keine Sekunde losgelassen.

36

Fast zwei Wochen hatte er sich nicht blicken lassen, war bei einem Bekannten untergekommen. Mutter hatte nur einsilbig geantwortet, wenn ich mich nach ihm erkundigt hatte, und irgendwann hatte ich aufgehört, Fragen zu stellen. Nun saß er wieder auf dem Sofa, eng bei Mutter, man musste dicht an dicht sitzen auf diesem Sofa, weil auf einer Seite die Federn fehlten.

Eine Kerze brannte auf dem Couchtisch, zwei Weingläser standen auch darauf – und die Art und Weise, wie sie mir erklärten, dass Vater wieder einziehen würde, war komplett daneben. So konnte man doch nicht mit jemandem reden, der gerade seinen Kollektorgang verloren hatte! Bei der ersten Gelegenheit ging ich in mein Zimmer und drückte die Stirn gegen die Lamellen der Jalousie.

Einige Tage später stellte ich Vater. Es war nicht leicht, ihn allein zu erwischen, da er seit seiner Rückkehr wieder zur selben Zeit schlafen ging wie Mutter. Er sah mich mit diesem gönnerhaften Blick an, der mir wohl klarmachen sollte, wie wahnsinnig glücklich ich mich schätzen müsste, dass meine Eltern sich zusammengerauft hatten.

»Hör doch auf damit.« Die Worte kamen schrecklich leise aus meinem Mund.

»Was?«

»Ich habe gesagt, dass du damit aufhören sollst.« Jetzt war meine Stimme zu laut.

»Ich habe aufgehört«, sagte Vater. »Ich komme nicht noch mal so spät nach Hause.«

»Das meine ich nicht. Ich meine das Theater, das du hier spielst. Meinst du, das nehme ich dir ab?«

Vater machte ein Gesicht wie jemand, der, sagen wir mal, gerade das Leichentuch seines Kindes anhebt. Er hatte nicht damit gerechnet, dass sich während seiner Abwesenheit irgendetwas bei uns verändern konnte.

Aber es hatte sich etwas verändert.

Alles hatte sich verändert.

37

Die Luke zum Dach hatte mich immer interessiert. Aber erst als Rajko, die Hände immer noch bandagiert, darauf drängte, hatte ich mich getraut, die Holzleiter im obersten Stock von der Wand zu nehmen, sie in die dafür vorgesehenen Vorrichtungen einzuhängen, Stufe für Stufe hochzuklettern und die Metallplatte aufzuwuchten.

Ein rauschendes Meer in schwindelerregender Höhe, so hörte es sich an, als wir über das Dach liefen. Es war über und über mit den Kieselsteinen bedeckt, die wir im Hof jahrelang mit Ästen von den Wänden geschabt hatten. Sie waren ein rares Gut und wurden genutzt, um Fußballfelder oder Reviere zu markieren oder um Angreifer in die Flucht zu schlagen. Wir hatten nicht gewusst, dass es diese Kostbarkeiten hier oben im Überfluss gab.

Wir legten uns an den Rand des Daches und schoben uns so weit wie möglich nach vorn. Seit ich denken konnte, war ich ein Teil dessen, was sich in dem Viereck unter uns abspielte, und vielleicht fand ich es deshalb so faszinierend, ausnahmsweise der Beobachter zu sein. Die beiden Mädchen aus der Fünf übten Tanzschritte, ein paar Zweistellige schaufelten den Sand auf den Rasen und von dort in den Sandkasten zurück. Eine Frau hängte Wäsche auf, Rajkos Vater reparierte mal wieder etwas, und keiner ahnte, dass ich alles mitbekam.

Erst nach einer Weile bemerkte ich, dass Rajko nur mich beobachtete.

»Auf alle herabschauen – ich wusste, dass dir das gefällt«, sagte er, als unsere Blicke sich trafen. Er sprach so ruhig, dass mir die Geräusche aus dem Hof mit einem Mal unnatürlich laut erschienen.

War es, weil ich Ema nicht zu Hilfe gekommen war?

Oder wusste er auch, dass ich gesehen hatte, wie Nickis Leute seine Hand in den Türspalt geschoben hatten?

Ich wollte alles abstreiten. Ich wollte ihm sagen, dass er sich irrte. Aber bevor ich reagieren konnte, war er schon auf dem Weg zur Luke.

Ich weiß nicht, warum ich in diesem Moment an eines unserer ersten Gespräche denken musste. Ich hatte mit den Zündplättchen auf der Treppe gesessen, und Rajko hatte mir das Band und den Stein aus der Hand genommen.

»Ich zeige dir etwas«, hatte er gesagt und eines der Zündplättchen knallen lassen, »es ist ganz einfach. Einmal. Kleines Problem.« Dann hatte er den Stein über die gesamte Reihe gezogen. »Viele Schüsse. Großes Problem.«

38

Rajko erwähnte unseren ersten Tag auf dem Dach nie wieder. Dabei verbrachten wir danach viel Zeit dort zusammen. Denn solange er seine Hand nicht zur Faust ballen konnte, wollte Rajko den Hof nicht betreten.

Das Dach verband zwar nicht so viele Blöcke miteinander wie der Gang, aber immerhin konnten wir die Nachbarhöfe einsehen. Sie waren genauso groß wie unserer und sahen auch so ähnlich aus. Statt einer Schaukel standen dort ein Klettergerüst, das mit Edding vollgemalt worden war, oder eine Rutsche, deren Leiter eine Stufe fehlte, und andere Bäume – Erlen, Hoffmann, es waren Erlen! – spendeten Schatten. Einige Kinder kannte ich vom Sehen, ein paar gingen auf meine Schule. Waren auf meine Schule gegangen. Und dann zu meiner Beerdigung.

»Wer von denen wärst du gerne?«

Erst wusste ich nicht, worauf Rajko hinauswollte. Aber dann hörte ich auf, mir die Kinder anzugucken, ihnen bei dem, was sie taten, zuzuschauen – stattdessen sah ich, wer sie waren. Ich sah die Unschuldigen und die Mutigen, die Hilflosen und Feigen und Schwachen, die, die stark waren in der Gruppe, und die, die den Kopf oben behielten, wie viele sich ihnen auch entgegenstellten.

»Wo willst du hin?«

Ich wusste, dass es der falsche Moment war. Aber ich musste weg, so schnell wie möglich, der Kies unter meinen Füßen knirschte bei jedem Schritt. Ich hatte mit einem Mal im anderen Hof Bekanntes gesehen, hatte einen wie Nicki und einen wie Rajko gesehen und ein Mädchen, das nicht ganz, aber fast so wie Ema war – und schließlich auch einen wie mich.

39

Ich hatte einen gesehen, in dessen Leben die Furcht ein ausschweifendes Dasein führte. Und ich vermute, das tat sie in fast allen, die hier liegen – Hoffmann selbstverständlich ausgenommen. Hoffmann liebte sein Leben, solange man es ihm gelassen hatte. Er liebte seinen Beruf, solange er ihn ausführen durfte. Derart schwärmt er von seiner Frau und seinen Kindern, dass selbst ich es kaum erwarten kann, dass sie ihn endlich besuchen kommen. Wenn Hoffmann sich überhaupt einmal beschwert, dann höchstens darüber, wie viel Arbeit die Datsche vor den Toren der Stadt ihm machte. Aufgegeben hätte er das armselige Stück Land jedoch nie. Dafür liebte er es zu sehr, sich anzustrengen.

Doch die Menschen, die ich zu Lebzeiten kennengelernt habe, waren nicht wie Hoffmann. Erst wenn sie von den Konsequenzen abgeschnitten sind, reißen sie das Maul auf. Sobald sie zu nichts mehr in der Lage sind – weil beispielsweise ein Kubikmeter Erde auf ihnen lastet –, würden sie auf einmal alles tun, würden ihre Partner verlassen und ihrem Chef die Meinung geigen, würden jeden Schurken hinter Gitter bringen und jedes Unrecht anprangern. Findet bloß keinen Weg, die Toten zurück ins Leben zu holen, es würde euch nicht gut bekommen!

Auch mein Herz hat nie geglüht – genau wie das Herz dieses Jungen, den ich auf dem Nachbarhof gesehen habe. Immer habe ich Krieg gespielt und doch reglos zugesehen, als die Front durch meinen Hinterhof verlief. Nur ein einziges Mal habe ich den Mut gezeigt, den es eigentlich zum Leben braucht. Es fühlte sich verdammt richtig an, aber es war meine letzte Gelegenheit.

Doch so weit sind wir noch nicht.

40

Sie kamen aus dem Nichts und verbreiteten Angst und Schrecken. Nein, sie kamen nicht aus dem Nichts. Sie kamen aus dem Gang. Es waren nicht Nickis Leute, ich hatte sie nie zuvor gesehen. Sie kamen von weit entfernten Höfen, sie kamen durch den Gang, den wir entdeckt hatten. Wenn sie gefragt wurden, wer sie vermöbelt und ausgenommen hatte, zeigten die Kinder in irgendeine Richtung. Sie beschrieben Täter, die womöglich am anderen Ende des Viertels wohnten. Sollten wir zugeben, dass wir das Fenster aufgehämmert hatten? Sollten wir uns selbst verpfeifen?

Und Nicki? Er hortete in seinem Unterschlupf seine neuen Besitztümer. Es war das perfekte System – noch viel perfekter, als wenn Nicki und seine Leute sich selbst die Hände schmutzig gemacht hätten. Nicki kassierte alle, die den Kollektorgang nutzten, kräftig ab. Er verdiente so viel, dass er und seine Leute mit den meisten Dingen gar nichts anzufangen wussten – ich sollte ja später mit eigenen Augen das Lager mit den Skateboards und Tischtennisschlägern sehen, die Turnschuhe, die blinkenden Jo-Jos, die Telespiele, die Fußbälle, die Sammelkarten, die Flummis, die Wasserpistolen, die Schleudern, eben all die Sachen, mit denen sich Nicki in jeder Situation einen Vorteil verschaffen und sich immer und überall freikaufen konnte. Also nur für den unwahrscheinlichen Fall, dass jemand ihn bedrohte.

Bei diesen Schätzen blieben nicht alle von Nickis Leuten loyal. Ab und an hörten wir, wie sie um die Beute stritten. Nicki war klug genug, sie das untereinander ausmachen zu lassen. Nur einmal kam mir zu Ohren, dass Nicki jemanden rausgeworfen hatte, der zu gierig gewesen war.

Valuta, sagt Hoffmann. Kapital. Monopol. Und wahrscheinlich hat er damit recht. Und es wäre wohl noch ewig so weitergegangen – wäre da nicht Emas Tuch gewesen. Und vor allem nicht Rajkos Wut.

41

Mutter konnte mir mit Hausarrest keine Angst mehr machen. Ich wollte gar nicht vor die Tür. Was sollte ich vor der Tür?

Der Hof war gefährlich.

Stefan war übergelaufen.

Rajko verletzt.

Ema verschwunden.

Nein, sie war nicht verschwunden. Manchmal sah ich sie am Fenster, sie winkte mir sogar zu. Eines Tages brachte ich ihr ein neues Buch, legte einen kurzen Brief dazu. Nur eine Minute Fußweg trennte uns, und dieser Weg musste nicht einmal über den Hof führen. Aber Ema antwortete nicht.

Und so half ich Mutter dabei, frische Kräuter in Fruchtzwergebechern einzufrieren. Ich tat ihr den Gefallen und bewunderte die Dosen, die sie von den Tupperpartys mitbrachte. Ich wartete mit ihr auf den Bofrostmann.

Am Wochenende fuhren wir in Gelenkbussen zu Freibädern, die so weit im Umland lagen, dass wir, kaum angekommen, schon wieder den Rückweg antreten mussten. Wir fuhren mit der neuen S-Bahn nach Berlin, wo ich in engen Umkleidekabinen hässliche Hosen anprobieren und stundenlang bei den Haushaltswaren ausharren musste, aber nur den Bruchteil eines Augenblicks in der Abteilung mit den Videospielen verbringen konnte.

Mit Vater waren wir oft zum Flughafen gefahren. Von der Besucherterrasse aus hatten wir die Maschinen über den Asphalt sausen sehen, hatten den Kopf in den Nacken gelegt und ihnen nachgesehen, bis nur noch eine lange weiße Wolke blieb.

Aber Vater fuhr nicht mehr mit. Wenn er doch einmal in der Wohnung auftauchte, dann brachte er Unglück mit. Wie ich es vorausgesagt hatte. Als einmal spät abends Steinchen gegen mein Fenster flogen, befürchtete ich schon das Schlimmste – aber es war Rajko. Er stand im Laternenlicht vor dem Block und riss die Arme in die Höhe. Und ich wusste sofort, was es zu bedeuten hatte: Die falschen Bandagen waren fort, jetzt konnte er wieder die richtigen anlegen.

42

Der Mensch ist des Menschen Hindernis. Immer wird man aufgehalten. Ist es nicht so?

Mutter halte ihn davon ab, wieder auf die Beine zu kommen. Sagte Vater.

Vater zerstöre die Familie. Sagte Mutter.

Nicki lasse ihm keine Wahl. Sagte Rajko.

Manchmal müsse man eben stillhalten. Sagte Stefan.

Wir würden nichts verstehen. Sagte Ema. Rein gar nichts würden wir verstehen.

»Und du«, fragt Hoffmann, »was hast du gesagt?«

43

»Es ist doch nur ein Stück Stoff«, sagte ich und setzte mich im Schneidersitz auf die Bank neben dem Sandkasten. »Wir haben es doch versucht. Und selbst wenn wir es zurückholen, wird das überhaupt nichts ändern.«

»Es ändert mehr, als du denkst.« Rajko zog mehrere Packungen Sammelkarten aus der Tasche. Niemand von uns hatte je einen Basketball in den Händen gehalten, und doch waren alle verrückt nach diesen Karten. Extrem unwahrscheinlich, dass eine silberne darunter war. Aber das, was Rajko da in der Hand hielt, musste ein Vermögen wert sein.

Ein Vermögen, das er noch heute loswerden würde. Wie konnte er die Karten so offen herumzeigen?

»Woher hast du die eigentlich?«

»Es gibt da diese Räume mit Regalen, in denen alle möglichen Dinge liegen.« Rajko nahm eine Tüte zwischen die Zähne und riss sie auf. »Da kann man sich was aussuchen und dann mit nach Hause nehmen.«

»Hast du auch mitbekommen, dass man vorher bezahlen muss?«

Rajko sah mich an.

»Ich stehle nicht.«

»Es ist bestimmt noch das Preisgeld von diesem Turnier. Hab ich recht?«

»Ist das wichtig?« Rajkos Tonfall hatte sich geändert. »Mach einfach mit.«

Wir hatten noch nicht alle Tüten geöffnet, als sich im Gebüsch unter dem Balkon etwas regte.

»Zwölfeinhalb Rebounds pro Spiel. Nicht schlecht«, sagte

Rajko – und an der Art, wie er mich ansah, erkannte ich, dass ich mich besser nicht umdrehen sollte.

Rajko reihte immer mehr Karten auf der Bank aneinander, und ich zwang mich wirklich, meinen Blick nicht von den Spielern zu lösen, für die ich mich bis dahin nie interessiert hatte. Ich griff nach einer Karte, da drückte plötzlich ein Stiefel meine Hand auf die Bank. Es war ein schwarzer Stiefel mit hohem Schaft und weißen Schnürsenkeln, und er gehörte einem Jungen, der zwei oder drei Jahre älter war als wir und den ich nie zuvor in unserem Hof gesehen hatte. Als ich meine Hand wegziehen wollte, trat er nur noch fester zu. Ich spürte schmerzhaft das Profil seiner Sohlen, und wie immer, wenn es brenzlig wurde, legte sich eine unsichtbare Hand um meinen Hals und verbot mir jedes Wort.

»Schön, dass du kommst«, sagte Rajko so ruhig, als hätte er seit Stunden auf den anderen gewartet.

»Schön?« Der andere spuckte aus. »Du freust dich wohl, wenn es Ärger gibt?«

»Und du?«, fragte Rajko zurück. Kurz war es still im Hof, aber schon im nächsten Moment griff Rajko nach dem Stiefel und zog ihn ruckartig hoch, sodass der Junge nach hinten umfiel. Als er sich erhob, stand auch Rajko auf.

»Hab gehört, du hast dir schon einmal entsetzlich wehgetan«, sagte der Junge und blickte dabei auf Rajkos Hände.

»Ist lange her.«

»Hab gehört, kann schnell wieder aufbrechen so was.«

»Was du alles hörst.«

Sie standen sich gegenüber, und irgendwie kam es mir so vor, als würde der Junge immer kleiner und kleiner werden. Aber dann drehte sich Rajko zur Bank und sagte: »Nimm sie. Nimm sie alle! Und das nimmst du auch noch.« Er griff in seine Hosentasche und legte einen gefalteten, mit einem Sticker aus der »Bravo« zugeklebten Zettel auf den Kartenstapel. Ich konnte sehen, dass auf die Außenseite nur ein Buchstabe geschrieben war: N.

Hatten wir die Ankunft des Jungen ignoriert, blickten wir ihm nun so lange nach, bis er unter dem Balkon, unter dem wir so viele Tage verbracht hatten, verschwunden war.

»Du solltest dich wirklich mehr für das Tuch interessieren«, sagte Rajko, »gerade du. Denkst du, ich sehe nicht, wie du sie immer anschaust?«

44

Jetzt will Hoffmann auch noch ein Kämpfer gewesen sein. Ein gewiefter Stratege. Der kühnste Feldherr, der je die Havel überschritten hat. Hoffmann weiß ganz genau, was wir hätten tun sollen. Wie wir die anderen Kinder am gewieftesten auf unsere Seite gezogen und vereint gegen Nicki gekämpft hätten. Ich muss mich wirklich mit Händen und Füßen – und es wäre einfacher, wenn ich sie noch hätte! – gegen Hoffmanns Einfluss wehren. Ich sage: Schwachsinn! Mit einer Handvoll Minderjähriger kann man keine Schlacht gewinnen. Man kann mit ihnen nicht in den Krieg ziehen. Ich kapiere nicht, warum sogenannte erwachsene, ausgewachsene und verstorbene Männer wie Hoffmann es nicht verstehen: Angst kann alles vernichten – Planung, Taktik, Strategie. Ich habe es auch lange nicht gewusst, aber seit ich hier liege, wird es mir immer klarer. Es ist immer die Angst. Man sieht sie auch hier. Die Lebenden denken, sie weinten vor Kummer – und dabei ist es Angst, weil auch sie diesen Weg einmal gehen müssen. Gerade den unbewegtesten Mienen sehe ich es an, gerade die beherrschtesten Züge offenbaren den jämmerlichsten Zustand. Mein Leben war vielleicht kurz und ich habe eine Menge verpasst. Aber diesen Ausdruck kenne ich. Ich kenne ihn von den Gesichtern der Kinder, die an einem Tag, an dem ich erst spät in den Hof kam, weil Mutter der Meinung gewesen war, dass wir unbedingt mal wieder »etwas Schönes« zusammen machen müssten – »In die Kindervorstellung, hast du Lust?« –, auf mich zugerannt kamen und mir mit zitternden Stimmen entgegenriefen: Er kommt! Stefan kommt, und er will zu euch! Stefan aus der Drei!

45

Gentleman. Axel. Rocky. Tiger. Wie gesagt, ich lese so gut wie alles. Und bei jeder Zeitung, die mir vor Augen kommt, lese ich zuerst den Sportteil, weil ich auf Berichte über die jüngsten Kämpfe hoffe. Boxen scheint immer beliebter zu werden, aber anscheinend ist nur der Rede wert, wer sich in Schwarz, Rot und Gold hüllt oder sich von Schwarz, Rot und Gold vermöbeln lässt oder gerade noch, wer es wagt, etwas Despektierliches über Schwarz, Rot und Gold von sich zu geben. Kein Wort über einen Jungen mit dunklen Locken, der es allen zeigt. Der sich allein kraft seiner Fäuste an die Weltspitze kämpft und dabei möglicherweise nicht einmal weiß, für welche Farben er eigentlich antritt. Vielleicht steht sein Name wenigstens in den einschlägigen Magazinen, aber die Leute wagen nicht, ihr Leben mit auf den Friedhof zu bringen. Sie geben Hobbys, Fantasien und Wünsche am Tor ab, als ob sie uns mit den jämmerlichen Verrenkungen, mit denen sie ihre Zeit herumbringen, irgendwie belästigen könnten! Überhaupt: Man sollte meinen, dass Menschen, die hauptberuflich aufeinander einprügeln, wesentlich häufiger ihren finalen K. o. erleben. Das ist aber nicht der Fall, fast möchte ich sagen: leider. Zu gerne würde ich einen von ihnen ausfragen über Rajko, per Weitersagen wenigstens herausfinden, ob er überhaupt noch im Ring steht.

Wir warteten auf der Treppe der Zwei, und ich weiß noch, dass ich wünschte, ich hätte mich an etwas festhalten können. Aber Rajko hatte darauf bestanden, dass ich unbewaffnet blieb. Ema stand am Fenster ihres Zimmers, mit besorgter Miene hatte sie den Vorhang zur Seite geschoben. Nach meinem Brief wagte ich es kaum, zu ihr hochzusehen. Mit purer Gedankenkraft wollte ich ihr zu verstehen zu geben, dass sie lieber nicht hinguckte, und zwar nicht nur, weil ich befürchtete, in dem, was jetzt kam, keine besonders gute Figur abzugeben.

Und dann stand plötzlich Stefan im Hof, wo auch immer er hergekommen, wie auch immer er noch größer und noch breiter geworden war. Er stand einfach in der Mitte des Hofes und hatte die anderen Kinderstimmen und jeglichen Lärm, der aus den geöffneten Fenstern drang, wie auch immer abgestellt. Ich wollte nicht beeindruckt von ihm sein, ich wollte ihn hassen, und doch glotzte ich ihn an wie sein größter Fan. Auch er guckte. Aber anders. Auch zu lange. Aber anders lange. Hatte er Rückendeckung? War es ein Hinterhalt? Wo versteckten sich Nickis Leute?

In jedem Western gibt es diese Szene, in der der Schurke mit dramatischer Musik im Hintergrund seinen Auftritt hat – zumindest war es in jedem Western so, den ich mir heimlich reinziehen konnte, weil Vater ihn mit dem Videorekorder aufgenommen hatte. Und wie es den kühlen Schurken und den

Helden gibt, gibt es auch die Nebenfiguren, die sich, bevor es brenzlig wird, mit einem Sprung über den Bretterzaun in Sicherheit bringen. Als Stefan in unserem Hof stand, wollte sich mein gesamter Körper in die Kulissen verflüchtigen. Aber Rajko bedeutete mir sitzen zu bleiben.

Es dauerte eine wahnwitzige Ewigkeit, bis Stefan sich in Bewegung setzte. Er war ganz normal gekleidet, mit ausgewaschenen Jeans und einem Nirvana-T-Shirt, als würde er irgendwie verbergen wollen, zu wem er neuerdings gehörte.

»Ihr macht eine Menge Ärger.«

»Wir machen doch gar nichts.«

»Du weißt, was ich meine.«

Unglaublich, oder? Ich frage mich bis heute, woher Rajko den Mut für diese Sätze nahm. Wie er schon mit dem Typen gesprochen hatte, der uns die Basketballkarten abnehmen wollte! Und nun ging es einfach so weiter. Dass Stefan so etwas draufhatte, war ja nicht anders zu erwarten bei der Gesellschaft, mit der er sich neuerdings umgab. Aber wie Rajko da hinkam – unklar, absolut unklar. Ziemlich sicher jedoch saß ich neben ihm und nickte seinen Sätzen wie blöd hinterher.

»Wir müssen das irgendwie klären«, sagte Stefan.

»Bin mir sicher, du weißt auch schon wie.« Es war genau wie damals beim Training: Stefan griff an und Rajko haute ihm auf die Nase.

Ohne noch etwas zu sagen, ging Stefan davon. Er drehte sich nicht ein Mal um, so als läge ein heimtückischer Angriff außerhalb seiner Vorstellungskraft.

»Lass uns abhauen«, sagte ich.

»Wir müssen die Sache klären.« Rajko ließ Stefan nicht aus den Augen. »Du hast ihn doch gehört.«

Nie zuvor und auch danach nicht habe ich jemanden so zielsicher auf etwas zugehen sehen. Auf den Balkon mit dem Eingang zum Kollektorgang drunter natürlich, wohin auch sonst – und dann ging Stefan einfach daran vorbei. Aber das änderte rein gar nichts an seiner verdammten Zielsicherheit. Irgendwann muss jeder, der er in einem Viereck aus Beton unterwegs ist, abbiegen. Stefan bog genau bei der Treppe der Vier ein, bei Rajkos Treppe – und uns wurde verdammt schnell klar, wie er so selbstsicher sein konnte: Unter der Treppe hockten fünf von Nickis Jungs. Eine Falle, klar, so hätten wir es auch gemacht, und die Typen stellten sich auch gleich so richtig breitbeinig auf. Aber es genügte ein Zeichen von Stefan und schon bildeten sie einen Kreis um ihn, als wäre nur durch einen Fingerzeig ein Magnetfeld entstanden und Stefan dessen abstoßender Kern – Physik, im Leistungskurs hätte ich bestimmt gepunktet, wenn ich nur je dazu gekommen wäre!

»Was soll das?«, fragte Rajko.

»Wir klären die Sache.«

»Ich kläre die Sache. Aber nicht mit dir.«

»Dafür bist du mir aber verdammt zielstrebig nachgelaufen.«

»Ich will, dass du mich zu ihm bringst.«

»Das kann ich leider nicht machen.«

»Natürlich kannst du«, rief ich dazwischen.

Stefan ließ seinen Blick reihum gehen, und bevor es ihm als Zeichen der Schwäche ausgelegt werden konnte, sah er mich zum ersten Mal an diesem Tag wirklich an.

»Dein bester Freund ist ja auch da«, sagte er und spuckte in den Sand. »Wie schön, dann hast du später jemanden, der dich versorgen kann.«

Er zog sich sein T-Shirt über den Kopf und warf es einem seiner Kameraden zu, und wie er dastand mit seinen abgeschnittenen Jeans und den schweren Stiefeln, gab es an seiner Zugehörigkeit keinen Zweifel mehr. Oberkörperfrei hatte ich ihn zuletzt beim Boxtraining gesehen. Irgendwie schien ihn die kurze Zeit, seitdem er übergelaufen war, mächtig aufgepumpt zu haben.

Die anderen Kinder, die bei Stefans Erscheinen verschwunden waren, kamen vorsichtig wieder hervor. Sie schauten durch die Büsche oder hatten sich, zu zweit, zu dritt, zu viert, auf einem Balkon eingefunden, ein ganz Mutiger sah sogar durch den Eingangsrost über unseren Köpfen auf uns herunter.

Stefan nahm die Fäuste hoch und stellte sich auf.

Rajko schüttelte den Kopf. Aber wir hatten uns nicht einmal umdrehen können, da hatten Nickis Leute – oder waren es Stefans? – den Kreis schon so weit gezogen, dass wir umstellt waren. Sie bedeuteten mir, mich tief unter die Treppe zu setzen, und drückten mir eine Dose in die Hand.

Zuerst kam Stefan auf mich zu, zog ein Messer aus seinem Stiefel und legte es in die Dose. Und dann kam einer nach dem anderen und bald war ich schwerer bewaffnet, als ich es mir bei unseren Kriegsspielen je erträumt hatte. Schnell tat ich den Deckel darauf, es war eine Metalldose, deren Lack so stark abgeblättert war, dass man nicht mehr erkennen konnte, was ursprünglich einmal darin verwahrt worden war.

»Hast du mich nicht gehört?«, sagte Rajko unbeeindruckt. »Ich habe nichts mit dir zu schaffen.«

»Oh doch, das hast du.« Stefan ging in die Knie, griff in den Sand und rieb sich damit die Arme und den Oberkörper ein. Bei jeder Bewegung rieselte etwas Sand zu Boden, aber seine Blässe war verschwunden. Ich versuchte herauszubekommen, was seine Leute davon hielten, aber ihre Mienen verrieten nichts.

Rajko schnaubte. »Ich werde nicht gegen dich kämpfen, und wenn du dich im Schlamm suhlst.«

»Und wenn ich deinen besten Freund bitte, diese schöne Dose wieder zu öffnen?«

Rajko blickte mich lange an. Er prüfte mit den Füßen den Boden auf seine Standfestigkeit, stellte ein Bein nach vorne, dann nahm auch er die Fäuste hoch. Es schien ihm überhaupt nichts auszumachen, dass er weder Bandagen noch Handschuhe trug und dass er vor allem sehr lange keinen Ring betreten hatte.

Sie standen sich gegenüber, und weil ich kaum hinzusehen wagte, guckte ich zuerst nur auf ihre Füße, die sich vor und zurück bewegten und doch keinen Meter vorankamen. Sie waren wohl so sehr an das Signal eines Zeitnehmers gewöhnt, dass Stefan erst auf Rajko losging, als einer der Umstehenden einen Stock, mit dem er die ganze Zeit herumgespielt hatte, zerbrach. Es war eine schnelle Kombination, aber Rajko wich den Schlägen aus. Sie tänzelten wieder, und wieder war es Stefan, der den Abtausch suchte, er zielte auf das Gesicht und den Körper und traf nicht einmal Rajkos zur Abwehr erhobene Arme. Sie gingen auseinander und wippten mit den Oberkörpern hin und her, und ich sah kurz zu Nickis Leuten, aber sie feuerten ihren Mann nicht an. Sie schienen auch kaum mitzufiebern. Sie hielten lediglich ihre Position, und wenn einer der Kämpfer ihnen zu nahe kam, hinderten sie ihn daran, noch weiter zurückzuweichen.

Erneut preschte Stefan vor, nur um ein paar Hände in die Luft zu setzen. Es war ungewohnt, das Geschehen, anders als im Fernsehen, ohne die Unterbrechung durch eine Ringglocke zu verfolgen. Allein das Scharren der Schritte und der Zug von Stefans Schlägen teilte den Kampf in abgrenzbare Einheiten. Stefan atmete schwer, der Schweiß zog glänzende Streifen über seinen grau getünchten Oberkörper. Stefans Muskeln arbeiteten heftig, aber sie brachten ihn seinem Ziel kein bisschen näher.

Vermutlich war ich mal wieder der Letzte, dem es auffiel. Den Gesichtern um mich herum war es, wie gesagt, nicht abzulesen. Der Kampf ging schon eine Weile, als mir klar wurde, dass Rajko ihn auf eine höchst eigenwillige Art und Weise führte. Wenn Stefan gegen den Kopf hieb, kippte Rajko weg. Ging Stefan auf den Körper, wich Rajko auf die Seite aus. Versuchte Stefan nahe heranzukommen, tänzelte Rajko davon. Rajko war konzentriert, er zeigte sein ganzes Können – aber er schlug nie zu. Zuerst dachte ich, dass er nach einem Weg durch die Deckung suchte und nicht durchkam. Dass er vielleicht den Konter fürchtete. Dann dachte ich, dass er sich Stefan nur zurechtlegte, dass er ihn machen ließ, um dann das Blatt blitzschnell zu seinen Gunsten zu wenden. Auch dass Rajko sich wegen der gerade erst ausgeheilten Hand zurückhielt, zog ich in Betracht. Aber schließlich wurde mir klar: Er wollte nicht schlagen. Er hatte es bisher nicht getan, und er würde es auch nicht tun.

Stefan musste es schon sehr viel früher erkannt haben. Er hatte mit Rajko trainiert, einen anderen Rajko vor den Fäusten gehabt. Jetzt wurde er immer verzweifelter, warf nur noch wilde Schläge in Rajkos Richtung, vernachlässigte die Defensive. Einmal war Rajko sogar in seinem Rücken, er hätte von dort alles Mögliche mit Stefan anstellen können. Selbst die im Kreis stehenden Jungs warfen sich inzwischen Blicke zu. Auch Stefan musste diese Blicke sehen, aber er konnte den Kampf, der eigentlich nur ein Anrennen von einer Seite war, nicht abbrechen, es blieb ihm gar nichts anderes übrig, als weiterzumachen. Rajko ließ sich überhaupt nichts anmerken, er war auf nichts anderes bedacht, als mindestens zwei Finger breit Abstand zwischen sich und die Ausläufer seines Gegners zu bringen.

Stefan atmete immer schwerer. Auch die Feinarbeit mit den Beinen hatte er aufgegeben. Mittlerweile machten seine Füße weite Schritte, stoppten scharf, kamen zurück, schossen über das Ziel hinaus. Schließlich trug ein besonders ungestümer Angriff ihn sogar aus dem improvisierten Ring, er fiel zwischen zwei seiner Leute hindurch und taumelte auf ein Gebüsch zu. Ein paar Kinder, die sich darin versteckt hatten, jaulten erschrocken auf.

»Was soll das?« Stefan wischte sich über den Körper, als wollte er den Staub, mit dem er sich beschmiert hatte, wieder loswerden. »Worauf wartest du?«

»Ich warte darauf, dass du mich zu ihm bringst.« Rajko hatte den Satz kaum beendet, da ließ Stefan alle Beherrschtheit fahren. Er ging mit wilden Schwingern gegen Rajko vor. Aber auch diese Attacke ließ Rajko ins Leere laufen. Er hatte die härteste Strafe gewählt, die es für Stefan gab: Er verschonte ihn.

Ein weiterer Schlag sauste über den sich duckenden Rajko hinweg, und in seiner Wut setzte Stefan so orientierungslos zu einem Aufwärtshaken an, dass er mit der Faust gegen die Unterseite der Treppe schlug. Stefan hielt sich die Hand und ging in die Knie. Es wäre nun leicht gewesen für Rajko, auf seinen Gegner loszugehen – aber er zog sich nun erst recht zurück. Stefan biss sich auf die Lippen vor Schmerz, probierte die Finger seiner Hand zu bewegen. Blut tropfte in den Sand und wurde darin noch dunkler.

»Was glotzt ihr so?«, schrie er mit verzerrter Stimme. »Schnappt ihn euch!«

Es war fürchterlich ruhig unter der Treppe.

Stefan kam hoch. Er blickte jedem seiner Leute in die Augen. »Packt ihn! Macht ihn fertig!«

Weil sich niemand rührte, hob er tatsächlich die Fäuste, wenn er auch die Finger der verletzten Hand kaum mehr rühren konnte. Doch bevor er einen weiteren Hieb austeilen konnte, löste sich einer aus dem Kreis. Als hätten sie unter der Hand verabredet, wer nun die Kommandos gab, bedeutete der neue Anführer mit einer Kopfbewegung einem anderen, ebenfalls seine Position zu verlassen. Der Typ kam auf mich zu, instinktiv schloss ich die Augen. Aber er klappte lediglich die Dose mit den abgegebenen Waffen auf – ich hatte ganz vergessen, dass ich sie noch in den Händen hielt. Er nahm heraus, was er hineingelegt hatte, und ging, ohne sich noch einmal umzusehen, davon. Nach und nach taten die anderen es ihm gleich. Auch sie würdigten Stefan keines Blickes.

Als nur noch Stefans Messer in der Dose lag, stand ich auf und klopfte mir den Sand von den Händen, und Stefan erschrak und wich zurück, als ginge von mir irgendeine Gefahr aus – wahrscheinlich war ihm bewusst geworden, dass nun wir in der Überzahl waren. Rajko blickte ihn an, keineswegs angriffslustig, eher besorgt wegen der Verletzung, die Stefan sich zugefügt hatte.

»Wir haben einen Verbandskasten. Ich hole ihn schnell«, sagte ich und bewegte mich doch nicht vom Fleck.

»Sie haben recht«, erneut spuckte Stefan vor sich in den Staub. »Mit solchen wie dir kann man nicht in den Ring steigen.« Und dann sagte er, ohne dass ihn irgendjemand darauf angesprochen hätte: »Hier hast du es! Darum ging es doch die ganze Zeit.« Und er warf uns ein akkurat gefaltetes, gepunktetes Tuch vor die Füße.

46

Jetzt wird es richtig schlimm, hatte ich gedacht. Stefans Demütigung musste Konsequenzen haben. Aber es blieb alles ruhig, und was waren das für Tage! Nickis Leute hatten sich zurückgezogen, die Besuche von den Banditen der anderen Höfe aufgehört. Kinder, die sich – wie lange schon nicht mehr! – auf dem Hof nicht mehr hatten blicken lassen, traten aus den Haustüren und rieben sich die Augen. Wir setzten uns auf Decken in die Mitte des Hofes, teilten Brausepulver und Kaugummis, und Ema und Rajko brachten süßes Gebäck mit – hatte das ihr Vater zubereitet?

Manchmal, wenn sich auf der Straße, die am Friedhof entlangführt, ein Unfall ereignet, dann ist es vorher für eine Sekunde still – so als bräuchte das Schicksal einen Moment Zeit, um zum Schlag auszuholen. Heute weiß ich, was auf diese Tage folgen würde. Damals kamen sie mir wie eine Befreiung vor. Nicki schien die Sache auf sich beruhen zu lassen, und so erkundeten wir noch einmal jeden Winkel des Hofes, wälzten uns im Sand, ritzten unsere Namen neu in die Sitzbänke. Rajko hatte sich einem Kampf verweigert – und alles, so schien es, für uns zurückgewonnen.

Vom Gang einmal abgesehen. Aber wenn eines Tages alle Kinder ausgeraubt und die Schatzkammern mit Plunder gefüllt waren, würden Nicki und die anderen vielleicht auch daran das Interesse verlieren.

Wie man sich täuschen kann!

47

Rajko hatte mir das Tuch überlassen, und als ich es Ema endlich zurückgeben konnte, war ich nicht weniger aufgeregt als bei unserem ersten Treffen. Sie nahm es ohne besondere Freude entgegen und ließ es ohne ein Zeichen des Dankes in ihrer Hosentasche verschwinden. Dann kletterte sie auf den Baum in unserem Hof, ich hatte Mühe, ihr zu folgen. Es lag nicht allein daran, dass sie leichter war, sie hatte auch mehr Vertrauen in ihre Handgriffe.

»Mein Cousin konnte in den Himmel klettern. Mutter erzählte es immer wieder. Als sie kamen, versteckte er sich auf dem höchsten Baum des Waldes. Sie fragten nach ihm und sie waren nicht freundlich. Es war nur eine Frage der Zeit, bis er verraten wurde. Sie schlugen unter dem Baum ihr Lager auf, um ihn auszuhungern. Aber sie haben nicht damit gerechnet, wie geschickt er war. Er kletterte einfach höher, als er es je zuvor getan hatte. Auch als er die Spitze der Krone erreicht hatte, kletterte er weiter. So hat Mutter es immer erzählt, und bis zu ihrem Tod habe ich daran geglaubt.«

Ich sagte nichts, weil ich fürchtete, bei einem falschen Wort würde auch sie weiterklettern, immer weiter, sie würde nicht mehr damit aufhören. Und viel mehr will ich gar nicht dazu sagen, denn Hoffmann macht schon wieder so ein Gesicht. Alles, was nicht an den Boden gebunden ist, stürzt ihn in Depressionen. Passagiermaschinen, Lastenluftschiffe, Heißluftballone mit potthässlichen Werbeemblemen, manchmal sogar schnell ziehende Wolken – Erscheinungen, die ihn zu Lebzeiten kaum berührt haben. Ich glaube, er würde alles dafür geben, die Häuser, Komplexe und Viertel, die nun ohne ihn auskommen müssen, einmal von oben zu sehen. Vielleicht würde er sogar seine Juwel dafür geben.

Aber auch ich spüre die Last der Erde, die meinen Körper bedeckt, und wenn es früher Emas Geschichten waren, die mich bedrückten, so würde es mich nicht wundern, wenn es morgen ein Papierflugzeug wäre, das, von einem spielenden Knirps auf die Reise geschickt, über meine Mauer gesegelt käme.

48

Er würde nachkommen, sagte Mutter, er müsse nur noch etwas erledigen, dann käme er. Wir verbrachten eine Woche an der See, wir waren auch schon länger zu zweit klargekommen. Wir machten Radtouren, fuhren zum Aquarium und auf den Erdbeerhof und saßen uns an Zweiertischen gegenüber. Mutter zog den Strandkorb mit meiner Hilfe durch den Sand, und abends legte sie sich auf ihre Seite des Doppelbetts und ich zog das Rollbett für mich heraus. Ein paar Mal hörte ich sie mit Vater telefonieren, es waren kurze Gespräche, schnell reichte sie den Hörer an mich weiter. Vater sagte, dass das, von dem ich nicht wirklich wusste, was es war, bald erledigt sei und dass er dann ganz schnell da sein würde, und dann legte er auch schon wieder auf. Ich gab mir wirklich Mühe in diesem Urlaub. Ich fragte nicht einmal, was los sei, als wir am letzten Tag unsere Sachen packten und Mutter die Koffer allein zum Bahnhof schleppte, auch nicht, als wir nach der Zugfahrt so lange auf dem Bahnsteig blieben, bis auch der letzte Mitreisende, der uns die Sicht hätte versperren können, auf der Treppe verschwunden war. Ja, ich schwieg auch dann noch, als Mutter in der Wohnung von Zimmer zu Zimmer ging und stehenblieb, wo einmal die Couch, die Vitrine, der Wohnzimmertisch gestanden hatten und wo in der Auslegware nun nur noch die dunklen Abdrücke zu sehen waren. Ich wollte nichts lieber als runter in den Hof nach dieser langen Zeit, aber ich blieb bei Mutter. Sie stand auf dem Balkon und rauchte, und ich kann mich nicht erinnern, dass sie sich einmal weniger Mühe gegeben hatte, ihr Laster vor mir zu verbergen.

49

Und doch hat es nicht an der Abwesenheit des Vaters gelegen! Für Hoffmann ist der Fall ganz klar. Dabei frage ich mich, wie er es jemals bis in sein Büro geschafft haben will, wenn er wirklich so aufopferungsvoll für seine Kinder gesorgt hat?

Was hätte Vater denn tun sollen, wenn er da gewesen wäre? Nein, ich war in einem Gang unter den Blöcken, als mein Licht erlosch – und Schuld daran waren nicht die schwierigen Familienverhältnisse, wie später sicher auch in der Zeitung spekuliert wurde, sondern allein der Hass auf den, der anders ist.

Dass Hoffmann mir immer wieder mit Vater kommt! Es ist wirklich ätzend! Was hat er nur? Hört er mir denn gar nicht zu? Hat der eine Schallschutzurne? Mensch, Hoffmann, der, der da alle paar Wochen über den Weg torkelt – schon mal was von Totenruhe gehört? – und seine Fahne auf mein Grabbeet pustet, was glaubst du denn, wer das ist? Der mir in den Ohren liegt mit seinem Gejammer, der tagsüber den Friedhof meidet, weil er Mutter hier über den Weg laufen könnte – der sollte mich retten?

50

In den Morgenstunden und am frühen Abend, wenn die halbe Stadt auf den Beinen ist und sich nicht gerade ein Unfall ankündigt, klingt der Verkehr wie Meeresrauschen. Sagt Hoffmann. Ich glaube, das ist so seine romantische Seite – und vielleicht hat er früher das Quietschen seines Bürostuhls als Quieken eines Hundewelpen wahrgenommen oder im Muster der Lampenschale die Milchstraße gesehen. Diskutieren will ich jedenfalls nicht mit ihm darüber, denn was das Meer angeht, bin ich ein gebranntes Kind. Also, wenn jemand, der bereits eingeäschert wurde, das so sagen darf.

Der Sand in unserem Sandkasten war zu nichts zu gebrauchen. Hoffmann will selbst darauf nichts kommen lassen, aber ich bleibe dabei. Wenn man Kugeln daraus formte, zerfielen sie, bevor sie die gegnerische Stellung erreicht hatten. Und wenn Rajko und ich vor Langeweile anfingen, Burgen zu errichten, endete es stets damit, dass Rajko Faustschläge in den Sand setzte – und zwar nicht zu Trainingszwecken.

Kurz nach meinem Urlaub kam Ema auf die Idee, sich von ihrem Vater, der mal wieder die Sträucher sprengte, einen Eimer Wasser füllen zu lassen. Mit dem feuchten Sand konnte man die tollsten Bauten errichten, und ich formte lange an einem Steig herum, der Emas Exklave freier Krapfenköpfe mit meiner Festung der Stummen Schreie verbinden sollte. Rajko stattete derweil seine Burg zur Eisernen Faust mit Schießscharten und Pappelzweigkanonen aus.

»Wie am Meer«, sagte ich. »Ist meine Karte eigentlich angekommen?«

Rajko sah mich mit seinem Plakatblick an.

»Das nennst du ein Meer?«

»Was er sagen will …« Ema rammte, absichtlich oder unwissentlich, einen Zweig in meinen Verbindungssteig. »Er will sagen: Danke.«

»Ich habe Sand gesehen und ich habe Wellen gesehen, die Sonne und Fahnen im Wind«, sagte Rajko. »Aber kein Meer.«

»Wie war es denn?«, wollte Ema wissen.

»Weißt du noch«, sagte Rajko, bevor ich reagieren konnte. »Dieses Ding, das sie aus dem Wasser gezogen haben?«

Ema verzog das Gesicht.

»Ich weiß noch, dass du fast ertrunken wärst, weil du nicht mal im Wasser deine Handschuhe ausziehen wolltest.« Sie suchte meinen Blick und verdrehte die Augen.

Aber Rajko war alles andere als beleidigt.

»Vater hat die halbe Küste nach uns abgesucht, dabei saßen wir hinter dem Strandkorb.«

Ema lachte.

»Wo war denn Mama eigentlich damals? War das der Urlaub, in dem sie so weit rausgeschwommen ist?«

In Rajkos Gesicht war plötzlich keine Freude mehr. Es war einfach leer. Von dem, was er dann zu Ema sagte, verstand ich so gut wie nichts. Nicht, weil er so leise gesprochen hätte. Nicht, weil er es so scharf hervorgebracht hätte. Ich verstand nichts, weil er in jene Sprache wechselte, die sie sonst immer mieden, wenn ich in der Nähe war. Die Sprache, die ich nur von den Kassetten kannte, die wir im Gang gehört hatten, und von der ich nur wusste, dass die beiden sie beherrschten, weil sie die Lieder, wenn sie sich unbeobachtet fühlten, mitgesungen hatten. Nur ein Wort konnte ich in dem ausmachen, was Rajko seiner Schwester hinwarf, bevor er davonging: Mama.

Und um zu verstehen, dass Ema fluchte, während sie ihm hinterherlief, benötigte ich kein Vokabelheft.

Ich blieb bei unseren Burgen und beobachtete, wie die Sonne den Sand trocknete und unsere Königreiche zerrieselten.

51

Abschied. Was weiß ich, wie man Abschied nimmt. Woher denn auch? Ich kenne, wie gesagt, nur die andere Seite. Von mir wurde Abschied genommen, immer und immer wieder. Es scheint sehr schmerzhaft zu sein und dauert, wie in Vaters Fall, wohl auch recht lange. Aber ich kann es nur erahnen, denn ich kenne nur letzte Begegnungen. Ich sah Vater nach seinem Auszug noch ein einziges Mal. Er wartete vor dem Haus auf mich und stieg auch dann nicht aus dem Auto, als ich aus der Haustür kam. Ich setzte mich auf den Beifahrersitz, ohne ihn zu begrüßen. Wir fuhren mit dem Auto herum, zunächst dachte ich, wir würden in seine neue Bleibe fahren, zu seinem frisch eingerichteten Zuhause, wo auch immer das sein mochte. Aber dann wurde mir klar, dass wir ziellos durch die Stadt kurvten. Irgendwann fuhr Vater in einen dieser neuen Drive-Ins, und ich durfte mir etwas aussuchen. Vater lenkte den Wagen auf den Parkplatz, und wir holten die Pappschachteln aus den braunen Papiertüten, der Geruch von aufgebackenen Brötchen und lauwarmem Burgerfleisch machte uns gesprächiger. Vater aß schnell, er wohne bei einem guten, einem sehr guten Freund – allerdings hatte ich den Namen nie zuvor gehört. Bald würde er einen Laden mieten, er sehe es schon vor sich: den Tresen, die Fräsmaschine, den Eintrag im Telefonbuch, und dann würden die Geschäfte laufen, er würde das hinkriegen. Er wäre seine eigene Gesellschaft geworden, meinte er. Ich verstand nicht so richtig, wie das funktionierte. Bevor wir dazu kamen, über mich zu sprechen, startete er schon den Motor – ich hatte noch nicht einmal aufgegessen. Auf dem Rückweg zu den Blöcken fuhr er schneller als erlaubt. Der Abschied: eine Autotür, die ins Schloss fällt.

52

Jetzt hat es wieder einen erwischt. Wir müssen das Unglück mitansehen, wenn sie kommen, wir haben keine Wahl. Sie reißen deinen Stein heraus, und du weißt, dass sie ihn schreddern werden, um Häuser und Straßen daraus zu bauen. Sie kommen und meißeln die Erde auf und heben dein Grab aus, und du weißt, dass sie es neu vermieten werden, dass bald andere Menschen davorstehen und davor weinen werden. Zwanzig Jahre, nur zwanzig Jahre werden einer Urne gegönnt. Anderen geht es besser, mindestens fünfundzwanzig Jahre gibt es für ein *Erdwahlgrab*. Kindern müsste man eigentlich mehr Zeit geben, doch werden sie für mich keine Ausnahme machen, meint Hoffmann. Und der muss es wissen, schließlich liegt er schon ewig hier. Egal wie lange, irgendwann holen sie dich. Mein Leben war kurz, was juckt mich da ein knapper Tod? Macht eine Wiese aus mir, auf die sich Ema betten kann, und aus meinem Stein baut ein Haus, das sie vor Wind und Wetter schützt, und eine Straße, die sie fortführt von allem Übel dieser Welt.

53

Also die Linie. Nun also doch die Linie. Also, was ich gehört habe, ist das: Die Toten sind uneins. Im Mittelpunkt soll ein anderer stehen. Der, der dich wirklich liebt, das habe ich gehört. Die, die dir wirklich nahe ist. Dein Seelenmensch. Dein Partner, deine Partnerin. Und wenn es der Bofrostmann ist. Es ist kitschig. Es ist so verzweifelt, dass es wehtut. Aber genau das sagen sie.

Du kannst alles machen, was du willst. Du wirst immer bei ihr sein. Wirst frei sein. Oder für immer mit ihm vereint. Sobald du über die Linie gehst.

Aber das muss sich erst mal einrenken. Dein Liebster, deine Beste muss erst einmal kommen, mit klarem Kopf, offenen Augen, reinem Herzen, geläuterter Seele. Und dich einfangen, empfangen, auffangen, aufnehmen, mitnehmen, hinnehmen, annehmen, wahrnehmen, erkennen, erblicken, fühlen, spüren, loslassen, erfassen. Manchmal glaube ich, so viele auf diesem Friedhof verscharrt wurden, so viele Vorstellungen von der Linie gibt es auch. Nur in einem sind sich alle sicher: dass es sie gibt.

Hoffmann zum Beispiel. Nicht zu erschüttern ist sein Glauben an die Linie. Dabei habe ich noch nie jemanden an seinem Grab gesehen. Hoffmann nennt es seinen wilden Garten, man könnte es aber auch als ungepflegt bezeichnen. Sie wären halt bei ihm gewesen, kurz bevor ich Halbstarker es mir neben ihm gemütlich gemacht hätte. So freundlich Hoffmann sonst ist, bei der Linie wird er schnell grob. Und was ich mir eigentlich einbilden würde, daran zu zweifeln. Sie müssten eben einfach ihr Leben, das so sehr durcheinandergewirbelt wurde, erst wieder auf die Reihe kriegen – das Leben ohne ihn. Und würden deswegen einfach etwas länger brauchen, um ihn über die Linie zu bringen. Und dann wird er wieder der Vater sein, der er immer gewesen ist. Der Ehemann, der er stets war. Er wird das Leben führen, das er so sehr geliebt hat. Und er ist so sehr davon überzeugt, dass ich mich gar nicht traue, ihn zu fragen, wann und wo und wie das alles nach so langer Zeit noch passieren soll.

Die verwaisten Steine. Natürlich sehe ich sie. Aber heißt das denn automatisch, dass die, die einst darauf saßen, über die Linie gegangen sind?

Können wir das jemals wissen?

54

Wir werfen das Laub in die Luft und laufen im Blätterregen aufeinander zu. Wir rennen durch rieselnde Flocken und kugeln uns durch den Schnee. Wir hängen, wie die erste Maschinenladung des Jahres, kopfüber von den Wäschestangen und unsere Jacken liegen fortgeworfen im Gras. So hätte es werden können, doch blieb uns nur ein Sommer, ein einziger Sommer.

Ema war Ema, wie sie immer war und immer sein sollte. Sie hatte ihre Ema-Haare und ihren Ema-Mund und ihre Ema-Augen, zwei Hände und zwei Füße und Fußknöchel und zweimal alle Zehen von der kleinen bis zur großen. Wenn Ema traurig war oder müde oder angespannt oder niedergeschlagen oder unaufmerksam oder geschafft oder schlecht gelaunt – und etwas davon war sie oft, und manchmal auch alles zusammen –, dann fehlte etwas an ihr. An diesem Tag aber war sie ganz da, ganz in diesem Hof, mit ihrem ganzen Leben, und ich war froh, dass ich ein Teil davon sein durfte. Rajko war beim Training, er hatte eine andere Möglichkeit gefunden, keinen Verein, sondern irgendein Projekt, das auch im nächsten Schuljahr noch weiterlaufen würde. Die anderen Kinder waren bereits oben. Wir saßen auf der Schaukel, neben den Überresten unserer Sandburgen, und ich war überzeugt davon, dass ich gleich Emas Hand nehmen und dass sie sie nicht zurückziehen würde. Es war der vorletzte Tag der Sommerferien, und wenn ich es jetzt nicht tat, dann würde es einer der Jungs tun, die Ema in der Schule kennenlernen würde.

Obwohl es so warm war, trug Ema ihren grünen Kapuzenpullover. Sie blickte mich an, schien meine Gedanken erraten zu haben. Sie hielt mir ihre Hand hin, etwas zu weit weg, etwas ungelenk – und vor allem nur, um den Ärmel des Pullovers zurückzuziehen und mir ihren Arm zu zeigen. Wie dünne, ausgeblichene Stufen sahen die Narben aus, Stufen einer Treppe, die bis zum Ellenbogen hinaufführten. Ich wollte sie berühren, sie zu verpuppten Raupen machen und als Schmetterlinge aufsteigen lassen. Aber Ema drehte den Kopf weg, sodass ihr die Haare ins Gesicht fielen.

Was ich dich noch fragen wollte. Einmal hatte ich diese Worte ausgesprochen und danach die unsinnigste Frage gestellt, die man sich vorstellen kann. Diesmal wollte ich eine andere Frage stellen. Aber ich fürchte, selbst wenn ich gewusst hätte, dass das die letzte Gelegenheit dazu war, hätte ich die Worte nicht über die Lippen gebracht.

55

Ich bekam gar nicht mit, wie sie sich anschlichen. Aus dem Nichts schnappten von hinten zwei Hände das Brett meiner Schaukel – so wie Vater es früher getan hatte, und dann hatte er es so hochgezogen, wie er konnte, und ich hatte nie gewusst, wann er es wieder loslassen würde. Zwei Hände stülpten mir irgendetwas aus grobem, staubigen Stoff über den Kopf, packten mich noch in derselben Bewegung unter den Schultern und zogen mich über den Sand. Aber ich schien unerwartet schwer zu sein, die Hände konnten mich nicht halten. Der Sturz war schmerzhaft, und doch versuchte ich augenblicklich, auf die Beine zu kommen. Aber der Schreck war zu groß, um wirklich schnell zu sein, und gleich wurde ich wieder hochgerissen, und um meinen Oberarm schloss sich erneut der feste Griff. Neben mir hörte ich Emas Stimme, gedämpft zwar, aber sie rief meinen Namen. Sprach sie gerade zum ersten Mal meinen Namen aus? Die anderen dagegen schwiegen. Ohne ein Wort schoben und zerrten sie mich über den Hof. Es waren zwei, höchstens drei, das konnte ich an den Schritten erkennen. Wenn ich Widerstand leistete, schubsten sie mich oder schlugen mir gegen den Hinterkopf.

Nach einer Weile ließ der Griff um meinen Oberarm mich langsamer werden, dann spürte ich die sanfte Berührung von Zweigen und Blättern am anderen Arm. Mein Kopf wurde nach unten gedrückt und gleichzeitig nach vorn geschoben. Ich roch kühle Luft, und mein Körper wusste genau, was er zu tun hatte. Ich war so oft durch das aufgebrochene Fenster gestiegen, dass ich automatisch die Hände nach den Rohren ausstreckte, automatisch ins Innere des Kollektorgangs glitt, mich wie automatisch nach unten auf den Boden rutschen ließ. Auf die Hände, die mir zur Hilfe kommen wollten, war ich nicht angewiesen. Sie waren fast vorsichtig, und plötzlich wurde mir klar, was ich schon auf der Schaukel hätte wissen können: Es ging hier nicht um mich. Ich spielte mal wieder nur die Nebenrolle, war ein Pfand, Valuta, Kapital, was auch immer. Es war noch nie um mich gegangen, warum sollte es jetzt anders sein?

Als ich unten im Gang stand, waren die Hände nicht mehr so sanft. Sie schubsten mich zur Seite, und weil ich ihre Berührungen missverstand und offenbar zu viele Schritte machte, zerrten sie mich gleich wieder zurück und verpassten mir den nächsten Schlag. Für einen Moment war es still, bis auf das Wasser, das durch die Rohre rauschte. Dann hörte ich die knappen Anweisungen, mit denen Ema durch das Fenster dirigiert wurde.

»Kopf runter.«

»Fass hier an.«

»Jetzt pass doch mal auf.«

»Hast du sie?«

Ema gab die ganze Zeit keinen Laut von sich, und dann spürte ich sie nicht weit von mir an der Wand. Ich wagte es, einen Schritt zur Seite zu machen und nach Emas Hand zu tasten. Sie war heiß und feucht.

»Jetzt schaut euch das an«, sagte jemand. »Ist das nicht süß?«

Zwei Sätze, stellte ich fest, sind zu wenig, um eine Stimme zu erkennen, vor allem wenn sie so höhnisch dahergesagt werden. Aber im Grunde war es egal, ob uns der Typ aus der Zehn geschnappt hatte, der schon eine Tätowierung trug, oder der mit der Glatze oder der, der die Haare lang trug, was leider gar nicht so schlecht aussah. Es spielte keine Rolle, wer mich jetzt von der Wand wegzerrte und mich – schon wieder – durch den

Gang schubste. Der raue Stoff rieb mir über die Nase und die Wangen. Schon draußen hatte ich durch das Gewebe nicht viel erkennen können. Hier im Gang war gar nichts mehr zu machen. Nur gelegentlich meinte ich, das Licht der Notleuchten an mir vorüberziehen zu sehen.

Der Gang vervielfältigte den Klang unserer Schritte, und bald kam es mir vor, als folgte mir eine Armee. Emas Hand hatte ich längst verloren, und ich wusste nicht, ob ich mir wünschen sollte, dass Ema hinter mir lief, oder ob ich hoffen sollte, dass sie lautlos und unauffällig geflohen oder wenigstens irgendwo hingebracht worden war, wo man sie verschonen würde – wovon auch immer.

Dann veränderten sich unsere Geräusche. Es klang nun hohler, als beträten wir einen größeren Raum. Ein Ruck an der Schulter machte mir klar, dass ich stehen bleiben sollte, und ich spürte – fragt mich nicht wie – zwei weitere Augen auf mir. Zwei Augen, die mich ungleich wütender musterten als die Augen derer, die offenbar nicht mehr als Befehlsempfänger waren.

Ich senkte den Kopf, mein Blick fiel auf Emas Schuhe. Da war sie also, direkt neben mir. Ich schluckte. Vor wenigen Minuten hatte ich ihre Schuhe noch für die schönsten der Welt gehalten. Aber hier, im Dunkel, sah ich, dass sie sehr billig gewesen sein mussten.

»Kopf hoch«, fuhr mich jemand an.

Ich hielt mich so aufrecht, wie ich konnte, und sank erst in mich zusammen, als ich eine Stimme hörte, die ich sofort erkannte.

»Warum bringt ihr sie zu mir?«, fragte Nicki. »Wollt ihr etwa ein Lob? Ihr wisst, wo ich die beiden haben will.«

56

Liebt euch Lebende, die Zeit vergeht so schnell.
Geliebt und unvergessen.
Gottes Wille kennt kein Warum.
Der Herr ist nahe denen, die zerbrochenen Herzens sind, und hilft denen, die ein zerschlagenes Gemüt haben.
Der Tod öffnet unbekannte Türen.
Nichts ist gewisser als der Tod, nichts ungewisser als die Stunde.
Wo sind all die Jahre?
Ins Leben schleicht das Leiden sich heimlich wie ein Dieb, wir alle müssen scheiden, von allem, was uns lieb.

57

Ich kann nur vermuten, wie Rajko von unserer Entführung erfuhr. Hat eines der anderen Kinder gesehen, wie Nickis Leute Ema und mich in den Gang brachten? Hat Rajko uns nach seinem Training gesucht und ist dabei zufällig an einen von Nickis Jungs geraten? Oder hat Nicki ihm einen Boten geschickt mit der Nachricht, dass ihm zu Ohren gekommen sei, dass sie etwas zu klären hätten? Ich sollte nie erfahren, was genau gelaufen ist. Mit Sicherheit kann ich nur sagen, dass Ema und ich, kaum dass Nicki uns begutachtet hatte, weitergeführt wurden.

Meine Entführer und ich waren inzwischen so lange unterwegs, dass wir fast in einen gemeinsamen Schrittrhythmus gefunden hatten, und so dauerte es nicht lange, bis wir ein Kellerabteil erreichten. Zumindest deuteten der Geruch und die

Luftfeuchtigkeit darauf hin, mein Kopf steckte ja immer noch in diesem Sack. Emas Hand hatte ich noch nicht wieder ergreifen können, und ich wagte es nicht, danach zu tasten oder gar ihren Namen zu flüstern.

Kaum war ich stehen geblieben, kriegte ich einen Tritt in die Kniekehle. Augenblicklich ging ich zu Boden, und erst auf den kühlen Steinen, fiel mir auf, wie verschwitzt ich war.

Bevor ich versuchen konnte, mich aufzurichten, kniete sich jemand auf mich und drehte mir die Arme auf den Rücken. Ich spürte, wie etwas – ein Kabel, ein Seil? – um meine Handgelenke geschlungen und viel zu fest gezogen wurde. Dann wurde ich wieder auf die Füße gestellt, und als Nächstes wurde mein Kopf nach hinten gerissen, und ich spürte etwas an meiner Kehle, ein Messer oder – Nein, es war der Sack, der an meinem Kinn hängen geblieben war. Sobald ich frei war, schnappte ich nach Luft, als würde ich nach einem langen Tauchgang an die Wasseroberfläche kommen.

Obwohl man in dem Raum, in dem wir festsaßen, kaum bis zur gegenüberliegenden Wand sehen konnte, blendete mich das Zwielicht im ersten Moment. Es dauerte etwas, bis ich Nickis Leute erkannte. Es war wirklich der mit der Glatze, aber es war auch noch ein anderer dabei – einer aus der Fünf, von dem ich nicht gewusst hatte, dass er auf Nickis Seite war. Er stand sehr nahe vor Ema, die an der Wand lehnte. Sie hatte noch niemand aus dem Leinensack befreit.

»Nimm mal das Ding ab«, sagte der Typ. »Hörst du nicht?«

Ema zögerte, dann zog sie sich den Sack über ihre Haare. Ihr Gesicht war rot, und sie hatte geweint, das war selbst im Dunkel zu erkennen.

Der Typ trat an sie heran. »Ich hab dich noch nie von Nahem gesehen.«

Wenn er ihr etwas tut, dachte ich. Wenn diese Typen ihr etwas antaten, dann würde ich die Fessel an meinen Handgelenken sprengen. Das bildete ich mir zumindest ein.

»Lass sie«, das kam von dem Glatzkopf, der schon fast wieder im Gang stand.

Ich atmete auf.

»Seit wann hast du hier was zu melden?« Das war wieder der aus der Fünf.

Wenn ihr auch nur einer von ihnen etwas antat, dann würde ich übermenschliche Kräfte entwickeln. Ich würde mich befreien und drei große Schritte machen. Würde ausholen, würde zu einem Schwinger ansetzen, wie ich ihn bei Rajko und Stefan oft genug beobachtet hatte.

»Nicki hat gesagt –«

»Wer sollte es ihm denn erzählen?«

Auch ich konnte zuschlagen. Ich hatte mich immer davor gedrückt. Aber ich konnte es ganz gewiss.

»Lass sie einfach. Oder willst du das Beste verpassen?« Die Glatze tippte dem aus der Fünf auf die Schulter.

Der fuhr herum.

»Überleg' dir, was du tust!«

»Komm schon. Ich mache auch die erste Wache.«

Der Typ, der so nahe vor Ema gestanden hatte, zuckte mit den Schultern. Dann wandte auch er uns den Rücken zu. Ich hörte, wie sich ein Riegel vor die Tür schob, und schaute zu Ema.

»Alles klar? Er hat dir ja nichts getan, oder? Wenn er dir was getan hätte …«

Ich beendete den Satz nicht, so erbärmlich kam ich mir vor. Ema wusste so gut wie ich, dass ich keine Chance gehabt hätte. Selbst ohne das Seil an den Handgelenken hätte ich gegen diese

Typen nichts ausrichten können – nicht einmal gegen einen von ihnen.

Aber Ema hörte mir sowieso kaum zu. Sie hatte den Kopf zur Seite gedreht, und als ich ihrem Blick folgte, sah auch ich: Wir waren nicht allein.

58

Es war der Abend, bevor sie uns vom Hof holten, und ich hatte das Radio ungefähr zwei Dezibel zu laut aufgedreht. Lass es drei gewesen sein – es konnte nie und nimmer rechtfertigen, wortlos hereinzustürmen und den Stecker zu ziehen. Leider fiel Mutter beim Verlassen des Zimmers auch noch mein Kleiderschrank auf. Als sie die Tür aufzog, ging eine Lawine ab, die, das sah ich sofort an Mutters Blick, ihre Wut noch vergrößerte. Dabei war sie es doch gewesen, die auf Ordnung bestanden hatte. Und hatte ich nicht alles im Schrank verstaut? Und manches lag ja auch mehr oder weniger zusammengefaltet in den Fächern. Doch statt das zur Kenntnis zu nehmen, fegte Mutter auch noch die restlichen Klamotten von den Einlegeböden und riss die Kleiderbügel von der Stange, und dann rannte sie raus und schlug die Tür hinter sich zu.

Es war zu viel, einfach zu viel. Ich lief ihr nach, zu allem fähig – so kam es mir jedenfalls vor. Sie stand in der Küche und bereitete das Mittagessen für den nächsten Tag vor. Bei meinem Anblick schmiss sie die Kartoffel, die sie gerade schälte, in die Spüle und stieß mir im Vorbeigehen sogar gegen die Schulter. Sie setzte sich vor den Fernseher, der seit zwei Wochen zwischen den Abdrücken der TV-Kommode auf der Auslegware stand, und fingerte eine Zigarette aus ihrer Packung.

Ich setzte mich zu ihr, und wir saßen nebeneinander vor dem ausgeschalteten Fernseher, und Mutters Gewicht an meiner Schulter wurde immer stärker, bis sie schließlich vollends an mir zu lehnen schien. Und ich weiß nicht, wie lange wir so dagesessen haben. Ich weiß nur noch, dass die ganze Zeit eine Frage in meinem Kopf herumging, und wenn es nicht eine so alberne Frage gewesen wäre, und wenn wir wenigstens wieder eine Kommode besessen hätten, auf der ein Fernseher hätte stehen können, und wenn Mutter nicht mit ihrem gesamten Gewicht an mir gelehnt hätte, dann hätte ich sie vielleicht sogar gestellt: Ist es immer so schrecklich, verliebt zu sein?

59

Er funkelte uns nicht an, er bellte nicht, er nahm uns kaum wahr. Er lag da, die Schnauze auf dem Boden, die Augen zu drei Vierteln geschlossen, und vielleicht bewegte sich manchmal sein hässlicher Schwanz, oder es ging ein Zucken durch seinen kompakten Körper. Die Leine, mit der er festgemacht war, war zu kurz, als dass er uns in unserer Ecke erreichen konnte, und gleichzeitig war sie lang genug, um uns den Weg nach draußen zu versperren. Ganz abgesehen davon, dass die Tür ohnehin mit einem Riegel gesichert war.

Ema und ich wagten kaum, uns zu bewegen. Wir saßen ein Stück voneinander entfernt und redeten nicht. Auf keinen Fall wollten wir Nickis Hund aus seinem Dämmerzustand holen, nicht dass er sich erinnerte, wie wir ihn einmal in seinem Kellerabteil aufgescheucht hatten und ein anderes Mal dabei gewesen waren, als ein Fausthieb ihn gegen die Hauswand geschleudert hatte. Und was hätten wir auch reden sollen?

Dass Nickis Hund irgendwann aufsprang, lag jedenfalls nicht an uns. Es lag an den Schritten draußen im Gang.

»Du kannst abhauen«, sagte eine Stimme zu dem, der gerade unseren Wachmann spielte – vermutlich zu dem Glatzkopf. »Ich bin deine Ablösung. Befehl von Nicki.«

Auch diese Stimme erkannte ich sofort. Es war eine Stimme, die ich besser kannte als jede andere Stimme aus den Blöcken. Der Riegel wurde weggenommen, die Tür öffnete sich. Im Dämmerlicht von Nickis Kellerabteil musste Stefan sich erst einmal orientieren. Wir konnten ihn jedenfalls besser erkennen, und ich dachte in diesem Moment, dass ich, was auch immer mir das Leben noch bringt, niemals Sanitäter werden würde. Schon vorher war mir klar, dass ich die Überreste der Leute, die dem Sprungturm seinen Namen gaben, nicht von den Betonplatten kratzen könnte. Im Vergleich dazu wirkte Stefans Verletzung fast kümmerlich, und doch war mir auch dieser Anblick schon zu viel. Es setzte mir so sehr zu, dass ich für einen Moment vergaß, dass wir keine Freunde mehr waren.

»Stefan, was ist passiert?«

»Was passiert ist?« Stefan streichelte den Hund. »Eine Hundeleine, das ist passiert.«

»Und Nicki … hat dich nicht beschützt?«

Stefan trat näher an uns heran. Breite Striemen zogen sich quer über das Gesicht.

»Nicki hat es angeordnet. Und er hat dafür gesorgt, dass alle es sehen.«

»Nicki?« Ich schluckte. »Warum?«

»Du warst doch selbst dabei. Du hast unter der Treppe gesessen.«

»Er hat dich so zurichten lassen, weil Rajko gewonnen hat?«

»Rajko hat nicht *gewonnen*.« Mit finsterer Miene griff Stefan in seinen Stiefel. Ich wusste sofort, was er daraus hervorholen würde. Ich hatte die Metalldose gehalten, als er vor dem Kampf mit Rajko sein Messer hineingelegt hatte. Es war schwerer als alle Messer, die ich jemals in der Hand gehalten hatte. Er fuchtelte damit herum.

»Ich war es«, sagte Ema plötzlich neben mir. »Ich habe es Rajko gesagt. Ich habe ihm gesagt, dass er dich schonen soll!« Stefan schnaubte.

»Die Prinzessin meldet sich zu Wort. Wie edel von dir!« Er ging auf Ema zu und blieb vor ihr stehen, und dann bewegte er sein geschundenes Gesicht auf sie zu, als wollte er sie küssen. Aber kurz vorher stoppte er. »Nur dass es leider nicht stimmt. Du hast von Anfang an nichts von mir gehalten.«

Prüfend führte Stefan die Klinge durch die Luft.

»Du großer Krieger«, hörte ich Ema sagen. »Ihr großen, dummen Krieger. Immer kämpft ihr für irgendwen oder für irgendwas. Aber in Wirklichkeit kämpft ihr nur für euch.«

Der Hund hatte sich aufgerichtet, zog gegen die Leine an, bellte.

»Aus!« Stefans Stimme war dünn, und ich dachte, dass er plötzlich unsicher war, ob er den Hund wirklich unter Kontrolle hatte. Heute glaube ich, dass etwas anderes seine Stimme zittern ließ – das Wissen um einen endgültigen Verlust, der sich in den schlimmsten Momenten vom Herz aus durch den kompletten Körper ziehen kann.

Stefan packte mich an der Schulter und drehte mich herum. Ich schloss die Augen. Er würde mir nicht die Kehle öffnen. Er durfte mir nicht die Kehle öffnen. Er konnte mir nicht die Kehle öffnen. Er wusste doch gar nicht, wie das ging.

Als Nächstes spürte ich, wie der Druck auf meine Handgelenke nachließ, und dann fielen die Stücke des Seils zu Boden.

Langsam drehte ich mich zu Stefan. Sein Gesicht war jetzt genau vor mir.

»Das kapiere ich nicht.«

»Du kapierst schon lange nichts mehr.« Stefan drückte mir das Messer in die Hand. »Der Kampf beginnt in zehn Minuten. Gleich den Gang runter. Diesmal wird Rajko nicht *gewinnen.*«

Wieder zog er an der Leine, aber diesmal wickelte er sie um eines der Verschlagsbretter, sodass Nickis Hund uns nicht zu nahe kommen konnte. Ich machte Emas Hände los.

»Habt ihr mich nicht gehört? Ich habe gesagt, dass Rajko nicht gewinnen wird.«

Ich schüttelte den Kopf.

»Rajko gewinnt immer.«

»Siehst du? Das habe ich gemeint. Du kapierst einfach nichts.«

»Vielleicht«, sagte ich. »Aber eins weiß ich genau: Nicki wird dich umbringen!«

»Kann sein«, sagte Stefan gleichgültig. Dann deutete er auf die Striemen in seinem Gesicht. »Er hat es nicht gemacht, weil ich verloren habe. Er hat es getan, weil ich dem da«, er blickte zu Nickis Hund, »das Tuch abgenommen habe.« Stefan trat zurück in den Gang und ließ die Tür offen stehen. Bevor er ging, drehte er sich noch einmal um: »Es bleibt alles wie immer.«

60

Hoffmann, sie haben Hoffmann geholt! Ganz langsam kamen sie angelaufen, und noch bevor sie uns erreicht hatten, wusste ich: Das sind sie, seine Frau und seine Kinder. Romeo und Julia, die gerade auf meiner Bank zugange waren, ergriffen, peinlich berührt, die Flucht. Ich weiß nicht weshalb, aber ich hatte mir Hoffmanns Töchter viel jünger vorgestellt – so jung, dass auch sie uns in den Kollektorgang hätten folgen können. Nun unterstützten sie ihre Mutter bei diesem schweren Gang. Sie holten das Friedhofsgerät hervor, das hinter Hoffmanns Stein versteckt und mir zuvor nie aufgefallen war – aber sie brachten es nicht zum Einsatz. Ich sah Hoffmann seinen Triumph an. Ihr Verhalten konnte nur eins bedeuten: Es war so weit! Das Grab, das Beet, der Stein, all das war nun überflüssig! Er würde endlich erlöst werden! Er würde über die Linie gehen!

Wie lang kann ein Gesicht sein? Nachdem sie kurz innegehalten hatte, berührte seine Frau den Stein mit der offenen Hand und murmelte etwas, das ich nicht verstand. Und dann gingen sie fort, mit dem Schäufelchen, ohne Hoffmann.

Ehe ich etwas Aufmunterndes sagen konnte – aber was kann einen Toten, dem das Ende bevorsteht, schon aufmuntern? –, kam der Bagger. In Schrittgeschwindigkeit rollte er auf seinen Ketten heran. War es das schon? Hoffmanns Ruhezeit konnte unmöglich vorüber sein – aber so, wie er auf seinem Stein kauerte, war ich mir da gar nicht mehr so sicher. Genüsslich hob der Baggerführer das Erdreich aus. Würde ich doch einmal Abschied nehmen müssen? Was gibt man jemandem mit auf seinen allerletzten Weg? Ich versuchte, mich an Emas Schluchzen in der fremden Sprache zu erinnern, als mein Kopf in ihrem Schoß lag, an Mutters Abschiedsworte, sogar an den Vortrag meines unbekannten Trauerredners. Doch Hoffmann unterbrach meine Gedanken.

»Ausgerechnet nach –«, hörte ich ihn noch sagen, und dann war er damit beschäftigt, sich an seinen Stein zu klammern, denn der Bagger holte sich auch diesen und lud ihn auf den kleinen Anhänger. Es blieb allein aufgeworfene Erde zurück,

Käfer und Würmer waren aufgeschreckt wie Ema und ich im gekaperten Kollektorgang. Nach getaner Arbeit steckte der Typ sich eine Zigarette an und streute, noch während er rauchte, Grassamen aus.

Hoffmann rief mir noch etwas zu, aber die Verbindung zwischen uns war abgerissen. Als der Bagger sich wieder in Bewegung setzte, hob Hoffmann lediglich zum Gruß die Hand. Und in diesem Moment sah ich ihn so klar wie nie zuvor. Ich sah den akribischen Arbeiter und den Pedanten. Sah Paragraf Hoffmann und den Menschen dahinter. Den liebenden Vater, den hilfsbereiten Nachbarn und den freundlichen Datschengärtner. Was hatte er mich gelöchert, was für eine Treppe das eigentlich gewesen sein soll, unter der ein solcher Kampf stattfinden kann. Wie es auf so engem Raum möglich sein soll, dass Stefan Rajko nicht ein einziges Mal erwischt. Ob denn nie Erwachsene auf dem Hof gewesen seien, um solche Schlägereien zu verhindern. Und immer, wenn ich auch nur den leisesten Zweifel an seinen Schilderungen angemeldet hatte, hatte er sie abgetan. Aber Hoffmann war ein Mensch und die Menschen sind wie Hoffmann. Er war genauso, wie er zugerichtet worden war, und für einen kurzen Moment war alles gut.

Ach, Hoffmann, wohin wird man dich umbetten? Und wer wird auf dich folgen, oder bin ich nun für immer allein – allein, bis auch über meinem Grab jemand abascht? Das Leben ist schwer, wenn man erst einmal tot ist. So nah ist die Efeuranke meiner Mauer und doch zu weit weg, als dass ich mich daran hinüberschwingen könnte.

Schade, Hoffmann, dass ich dir nicht mehr erzählen kann, wie es mich zu dir verschlagen hat. Vielleicht hätte dir das die Hoffnung auf die Linie zurückgegeben.

DRITTER TEIL

61

Im Gang war es so still, dass wir unseren Atem hören konnten. Wir drückten uns eng an der Wand entlang, ab und an plätscherte Wasser durch die Rohre. Erst in diesem Moment fiel mir ein, dass auch jede Menge Dreck dabei sein musste. Mit ziemlicher Sicherheit wurde durch diese Rohre auch die Kacke aller Blöcke abtransportiert, Vaters, Stefans, meine. Als wir noch täglich unten gewesen waren und Musik gehört hatten, hatte ich darüber nie nachgedacht. Wir schoben uns weiter, waren gar nicht weit von unserem früheren Lagerplatz entfernt. Ich meinte die Stelle sogar sehen zu können, die Kritzeleien an der Wand. Was hatten wir dort eigentlich hingeschrieben? Meine Erinnerung daran war wie fortgeblasen.

Nach und nach wurde das Rauschen des Wassers lauter. Nein, das war kein Rauschen mehr. Wir näherten uns Stimmen – aufgebrachten Stimmen. An einem Knick, dort, wo zwei Blöcke sich trafen, wurde der Gang so breit, dass man einen Ring hatte improvisieren können. Eigentlich war es nicht viel mehr als ein auf den Boden gezogenes Kreideviereck, und der Eindruck eines Rings ergab sich allein deshalb, weil Nickis Leute dicht an dicht darum standen.

Wir schoben uns hinter ein Rohr und tasteten uns im Verborgenen so weit wie möglich heran. Bei den vier Ecken des Rings standen Stehlampen ohne Schirme, in deren Licht wir die Gesichter der Zuschauer erkennen konnten. Sie waren erfüllt von Wut und Ungeduld.

Ema griff nach meiner Hand.

»Und was krieg ich, wenn der Jugo doch gewinnt?«, hörte ich einen Jungen sagen.

»Du kriegst gleich aufs Maul«, sagte der neben ihm. »Denk nicht mal dran, dass der gewinnt.«

Offenbar wurden hier Wetten abgeschlossen, und es wunderte mich nicht, dass fast alle auf Nicki setzten.

»Er kommt«, schrie ein Junge, der mir für seine kräftige Stimme sehr jung vorkam, und rannte in die Mitte des Rings. Er boxte ein paar Mal in die Luft und tat so, als würde er sich selbst zu Boden schlagen. Erst als er wieder auf die Beine kam und das Gelächter der anderen mit stolzer Miene zur Kenntnis nahm, erkannte ich den Zweistelligen, den Stefan vor nicht einmal sechs Wochen verprügelt hatte.

»Wenn der Chef ihn sich nicht vorknöpfen würde, dann würde ich es tun«, rief er und ging im Spiel schon wieder zu Boden. Er fungierte wohl als eine Art Ansager. Die Umstehenden johlten – und dann waren sie auf einmal sehr still. Schritte waren nun aus dem Gang zu hören, durch den wir uns angeschlichen hatten.

Rajko erkannte ich an seiner Statur. Aber selbst im Halblicht des Ganges war deutlich zu sehen, dass etwas mit ihm nicht stimmte. Langsam kam er in den Ring, und seine Aufmachung schien allen die Sprache zu verschlagen. Seine dunklen Locken waren von hellem Staub bedeckt, und sein blanker Oberkörper und seine Beine, ja, sogar sein Gesicht, alles schimmerte weiß. Er stellte sich in den Ring und ließ sich von den anderen begaffen wie ein Tier in einem Käfig.

»Was ist mit ihm passiert?«, fragte ich.

Ema legte den Finger auf die Lippen, und sie hatte recht: Es war so ruhig geworden, dass auch wir besser den Mund hielten.

Falls Rajko Angst hatte, dann ließ er sich das nicht anmerken. Mit unbewegter Miene stand er in der Mitte des Rings. Allerdings hatte er auch keine Ecke, in die er sich zurückziehen konnte, denn es gab außer uns keinen einzigen Zuschauer, der ihm nicht feindlich gesonnen war.

»Was soll das?«, flüsterte jemand in unserer Nähe. »Ist das Kreide?«

»Der hat sie ja nicht mehr alle.«

Der Kleine, der zuvor schon Rajko angekündigt hatte, kam zurück in den Ring – nun allerdings nicht so aufgekratzt. Das Publikum begann, mit den Füßen auf den Boden zu stampfen, und irgendwann drehten sich alle Köpfe in eine Richtung.

Beeindruckend groß zeichnete sich Nickis Körper im Schein einer Lampe ab, die hinter ihm hergeschleppt wurde. Er trug glänzende graue Boxshorts und darüber, wie ein Profi, einen Mantel, der mich, um ehrlich zu sein, ein wenig an einen Damenbademantel erinnerte. Aber Nicki durfte alles. Jeder in diesem Gang wusste, dass sein Lebenslicht quasi ausgeblasen wäre, sollte er nur den Hauch einer Kritik an Nicki üben – zumindest sein Hoflebenslicht.

Unter dem Jubel seiner Anhänger zog Nicki in den Ring ein. Ohne Rajko auch nur eines Blickes zu würdigen, stellte er sich in die Mitte und senkte den Kopf, dann zog ihm einer seiner Männer den Mantel vom Körper. Nicki war bereits eine Corner eingerichtet worden, ein Hocker stand bereit, ein Eimer mit Wasser und Schwamm, daneben mehrere von Nickis Leuten, die es anscheinend nicht erwarten konnten, ihrer Aufgabe nachzukommen.

»Ich muss sagen, ich wundere mich sehr«, sagte der Zweistellige gespielt entrüstet. »Ich wundere mich doch, dass ihr nichts Besseres zu tun zu haben scheint, als euch einen Kampf anzusehen, dessen Sieger längst feststeht.«

Die Menge johlte.

»Aber gut, ihr habt es nicht anders gewollt.«

Der Zweistellige, der offensichtlich auch der Ringrichter sein würde – hatte gerade die Abreibung sein Interesse am Boxen geweckt? –, winkte Rajko zu sich, und Rajko musste ihm seine geöffneten Hände zeigen. Dabei rieselte noch mehr Kreide zu Boden.

»Ach«, sagte er, »das hätte ich fast vergessen.« Er deutete auf Rajkos Mund, und Rajko spuckte seinen Mundschutz aus. Der Zweistellige guckte angewidert zu Boden und beförderte ihn mit einem Tritt aus dem Ring. »Den brauchst du nicht«, sagte er. »Wenn dir deine Zähne etwas wert wären, wärst du gar nicht hier.«

Anschließend ging er auf Nicki zu, als wollte er auch ihn überprüfen, drehte aber im letzten Moment ab.

»Nachdem wir geklärt haben, dass alles mit rechten Dingen zugeht«, sagte er und konnte dabei gar nicht genug grinsen, »möchte ich noch einmal daran erinnern, warum wir hier sind.« Er holte tief Luft. »Wie ihr wisst, gab es eine Zeit, in der wir nicht füreinander sorgen konnten. Wie ihr wisst, waren wir einmal auf uns allein gestellt. Gerieten wir in Not, blieben unsere Hilferufe ungehört. Suchten wir Halt in stürmischen Zeiten, so konnten wir vielleicht auf unseren Nächsten zählen, meistens aber waren wir verfeindet. Hätte uns das Ziel auch einen müssen, so waren wir doch im Krieg.«

Der Junge schien sich seine Rede genau zurechtgelegt zu haben, und ich konnte nicht anders, als ihn für seinen Vortrag zu bewundern.

»Aber die Zeiten, sie ändern sich«, fuhr er fort. »Und ihr wisst, warum sie sich geändert haben: der Gang! Unter uns ist der, der den Gang gefunden und geöffnet hat. Aber ihm gebührt keine Ehre, denn er wollte den Gang für sich. Er muss gewusst haben, worauf er gestoßen war, und doch hat er geschwiegen.« Der Junge wartete, bis seine Worte verklungen waren. Dann fuhr er deutlich leiser fort: »Wer musste erst kommen? Wer hat uns den Gang geschenkt? Hat gemacht, dass wir alle davon profitieren können? Dass wir hier und jetzt zusammenkommen können?«

Pause.

»Er!« Der Junge schrie mit einem Mal. Er hatte sich zu Nicki gedreht, und Nicki nahm den plötzlichen Jubel unberührt hin. »Er war es! Er ganz allein!«

Es war unglaublich laut. Nickis Leute trampelten auf den Boden, schlugen gegen Leitungen, Türen und Wände, pfiffen und tobten.

Instinktiv rutschten wir tiefer hinter unser Rohr.

»Das alles hat er gemacht. Dank ihm sind aus Feinden Freunde geworden, aus Gegnern Verbündete. Wir wissen jetzt, wie wir einander zu Hilfe kommen können. Niemand braucht sich mehr zu fürchten.« Der Junge fuhr herum. »Und wer wollte das nicht? Wer hat alles getan, um dies zu verhindern?«

Der Junge deutete mit dem Zeigefinger auf Rajko, der bis dahin alles unbewegt über sich ergehen lassen hatte. Aber bei dem Pfeifkonzert, das nun einsetzte, schien er doch Mühe zu haben, die Fassung zu wahren.

»Er will keine Ordnung. Er will Zweifel säen. Er will das Chaos. Er will Sicherheit und Wohlstand nur für sich und seine Sippe.« Während er sprach, baute der Junge sich vor Rajko auf. »Du hast gedacht, dass wir dir das durchgehen lassen. Und die meisten von uns hätten das vielleicht auch. Aber du hast das Pech, dass unter uns einer ist, der mutig genug ist. Einer, der dir zeigt, was wir von deinesgleichen halten. Der dir zeigt, wo die Grenzen sind. Wo du hingehörst. Er wird dein Ankläger sein und auch dein Richter. Und wenn es sein muss, wenn du es wirklich nicht anders willst, dann wird er auch dein Henker sein.«

Der Junge machte eine lange Pause.

»Wir haben uns heute hier versammelt, um diese Sache ein für alle Mal aus der Welt zu schaffen. Ich will einen sauberen Kampf sehen«, sagte er. »Keine Tiefschläge, keine Schläge mit der offenen Hand.«

Natürlich sprach er nur zu Rajko, der sich noch nie ein Foul erlaubt hatte – es war absolut lächerlich. Dennoch nickte Rajko, und dann rief er dem Zweistelligen durch den Lärm etwas zu, das ich nicht verstand – und der Zweistellige im ersten Moment wohl auch nicht. Er verstand es erst, als Rajko ihm seine Hände hinhielt. Offenbar war Rajko davon ausgegangen, dass auch dieser Kampf mit den blanken Fäusten ausgetragen werden sollte. Aber Nicki trug professionelle Handschuhe, glänzend rote, auf denen in weißen Lettern *Everlast* geschrieben stand.

Sauber würde der Kampf nicht werden, danach aussehen sollte es allerdings schon, und schon flog ein Paar brauner Fäustlinge in den Ring. Im Vergleich zu Nickis Handschuhen wirkten sie wie aus einer anderen Zeit, außerdem fehlten Rajko die Bandagen, die er nach seiner Verletzung unbedingt brauchte. Es war absurd, Rajko mit diesen Handschuhen auszustatten. Selbst der Ansager schien peinlich berührt, aber er sagte nichts dazu.

»Ich hoffe, ihr habt eure Einsätze gemacht«, brüllte er stattdessen. »Und ich hoffe, ihr habt euch für den richtigen Mann entschieden!«

Ich wünschte mir, Rajko würde zufällig in meine Richtung schauen. Er sollte wissen, dass er nicht allein war. Aber wenn er uns jetzt entdecken würde, dann würden uns vielleicht auch die anderen sehen, und was dann passieren würde, wollte ich lieber nicht wissen.

Nicki verließ seine Corner mit erhobenem Haupt. Einer seiner Männer lief neben ihm, knetete ihm die Schultermuskulatur, strich ihm aktivierend über die Arme. Nicki überragte Rajko glatt um einen Kopf, und zum ersten Mal machte ich mir wirklich Sorgen. Aber ich kannte Rajko, er würde seinen Nachteil blitzschnell in einen Vorteil umwandeln. Er würde Nicki gar nicht an sich heranlassen, würde ihm aus dem Weg gehen, wie er es bei Stefan getan hatte. Er würde Nicki aus dem Nichts treffen, wie immer, wenn ihm ein Gegner körperlich überlegen war. Er würde gewitzt und trickreich agieren, so wie wir alle es von ihm kannten. Es war mutig von Nicki, sich in diesen Kampf zu begeben, auch wenn seine Ausgangsposition logischerweise besser war als die von Rajko.

Ich wollte Ema gerade sagen, dass sie sich nicht zu sorgen brauchte, da hatte Nicki auch schon die ersten beiden Treffer gelandet. Rajko wehrte sich zwar, er legte die Arme an und versuchte, die Schläge abzufangen – aber er blieb in der Gefahrenzone, obwohl es ein Leichtes gewesen wäre, Nicki zu entkommen. Das Publikum jubelte, und schon wieder hatte Nicki Rajko gestellt, hatte Rajko sich stellen lassen. Erneut schlug Nicki zu. Kreidestaub löste sich von Rajkos Haut und stand kurz in der Luft.

Eine Glocke ertönte, ich hatte gar nicht mitbekommen, wie sie zum Ring gebracht worden war. Diesmal würde es also ein richtiger Kampf werden. Aber es war klar, dass nur Nicki von den Unterbrechungen profitieren würde. Siegesgewiss saß er in seiner Ecke, wo er von seinen Helfern schon mit Wasser versorgt wurde. Rajko hingegen musste zusehen, dass er der gegenüberliegenden Ecke nicht zu nahe kam, denn es wurden ihm Schläge angedroht, sobald er das weiße Viereck auch nur mit der Fußspitze berührte.

»Er zeigt es ihm«, murmelte Ema neben mir. »Jetzt zeigt er es ihm. Du wirst sehen.«

Die beiden Kämpfer kamen zurück in den Ring, und diesmal schien es sogar, als hätten Nickis Leute in der Pause Rajkos Beine zusammengebunden. Nur wenn die beiden nach einem besonders harten Schlag auseinandergingen, zeigte Rajko mit ein paar eleganten Hüpfern seine gewohnte Beweglichkeit. Schnell war er jedoch wieder in Nickis Reichweite und erhielt schon den nächsten mächtigen Hieb, der das Publikum grölen ließ. Rajko torkelte zurück, aber Nicki bedeutete ihm, dass er weiterkämpfen sollte.

Durch die Unterbrechung hatte Rajko Raum gewonnen, nun konnte er seine Stärken eigentlich ausspielen. Doch sofort klebte er erneut an Nicki, als hätte der Magnete in den Fäusten. Nicki schlug auf Rajkos Deckung ein, und Rajko tat so wenig dagegen, dass ihn schließlich ein Schlag direkt an der Schläfe traf. Ich zuckte zusammen, Ema neben mir hielt still. Wir sahen beide, wie der Zeitnehmer zögerte, den Gong zu schlagen, immer weiter zögerte, aber dann konnte er wohl nicht mehr anders, auch andere schauten zu ihm, er musste Rajko wohl oder übel retten.

Rajko wankte in seine Ecke, als würde ihn dort Erholung erwarten – aber es waren nur erhobene Fäuste. Nickis Überlegenheit hatte den Zuschauern Mut eingeflößt, und Rajko blieb nichts anderes übrig, als Abstand zu halten. Er stützte die Arme auf die Knie und rang nach Luft. Nicki dagegen wurde in seiner verdammten Corner mit einem Schwamm von Schweiß und Kreidestaub befreit, einer seiner Helfer spritzte ihm Was-

ser in den Mund, ein anderer drückte ihm mit Eiswürfeln ge-
füllte Plastikbeutel auf den Körper, auch wenn Rajko ihn gar
nicht getroffen hatte.

Der Zeitnehmer schlug zur nächsten Runde, und unter den
Rufen des Publikums gingen die beiden wieder aufeinander
los. Nicki genoss es sichtlich, die Oberhand zu haben, ab und
an stieß er Rajko weg und zitierte ihn sofort, sehr zur Freude
des Publikums, wieder zu sich – und Rajko folgte ihm wie ein
Hund seinem Herrchen. Nicki boxte so übermächtig, wie ich
es nie zuvor in einem Kampf gesehen hatte. Längst leistete er
keine Deckungsarbeit mehr, stattdessen wischte er Rajko einmal, zweimal, dreimal mit der Faust über die Haare, ehe er richtig zulangte. Die Jungs vor uns sprangen wild auf und ab und
nahmen mir die Sicht – und so hätte ich beinahe verpasst, wie
sich alles an Rajko unerwartet ins Gegenteil verkehrte.

Ich sah den Kampf mit einem Mal wie in Zeitlupe versetzt –
und ich glaube, allen anderen am Ring ging es genauso. Etwas
in Rajkos Gesicht veränderte sich. Er schien entschlossen, der
Demütigung ein Ende zu bereiten – und allein das, allein die
Abkehr von seiner bisherigen Haltung, machte aus Nicki einen
ungelenken Koloss, dessen Pranken immerfort ins Leere grif-
fen. Rajko hingegen schien dem unerbittlichen Lauf der Sekunden ein Schnippchen zu schlagen. Wie ich, nein: wie wir alle
es von ihm kannten, verschwand er wie ein Magier bei einer
Zaubershow kurz von der Bildfläche, um urplötzlich neben Nicki wieder aufzutauchen. Ich sehe noch vor mir, wie er schräg
vor Nicki steht, den Körper bis zum Äußersten gestreckt, die
Schlaghand gegen die Decke gezogen, und dazu Nicki, dem
der Schlag gerade durchs Gesicht gegangen ist, Nicki, wie eine
Schraube auf seinen langen Beinen verdreht, mit der Erschöp-
fung seines Lebens in den Knochen.

Der, der für die Zeit zuständig war, schlug gegen die Glocke, viel zu lange und viel zu heftig – und höchstwahrscheinlich auch viel zu früh.

Rajko löste sich zuerst aus diesem Bild. Er spuckte aus und stellte sich in seine Ecke – vor der er im allgemeinen Schockzustand in diesem Moment nichts zu fürchten hatte –, als könnte er gar nicht erwarten, dass es endlich weiterging.

Ich war so angespannt. Ich trommelte wirklich in die Stille hinein gegen die Ummantelung der Leitung. Wenn Ema meine Hand nicht festgehalten hätte, hätte ich uns sicher verraten.

Nicki kehrte nur langsam in die Gegenwart zurück. Sein Blick war wie entstellt von der unerwarteten Gegenwehr. Kurz musste er sich orientieren, und seine Leute, an denen er vorbeitaumelte, wussten nicht, ob sie ihm helfen sollten, ob sie ihm helfen durften. Alle Blicke richteten sich auf Nicki, der in seiner Ecke Blut in den Spuckeimer spie, und es sahen auch alle, wie Nicki dem Zweistelligen ein Zeichen gab. Der nickte und ging zu Rajko. Rajko senkte den Kopf, um sich anzuhören, was er zu sagen hatte. Er blickte dem Ringrichter lange ins Gesicht, sah zu Nicki – und ließ die Schultern hängen.

Obwohl Rajko seine Entschlossenheit verloren zu haben schien, war ich doch überzeugt, dass er dort weitermachen würde, wo er in der Runde zuvor aufgehört hatte. Jetzt hatte er seine rätselhafte Lethargie abgelegt, jetzt würde er es Nicki und den Zuschauern zeigen. An der Art, wie Ema den Kampf verfolgte, konnte ich erkennen, dass auch sie darauf gehofft hatte – und natürlich sah ich auch ihre Enttäuschung, als es weiterging wie in den Runden zuvor. Wieder ließ sich Rajko von Nicki in den Infight ziehen, als hätte es den genialen Schlag aus dem Nichts nie gegeben. Warum nur? Warum ließ Rajko sich von Nicki derart dominieren? Es ergab einfach keinen Sinn. Mein

Blick wanderte weg vom Ring – es gab dort ohnehin nicht viel zu verpassen – und durch den Raum, und ich sah, dass selbst unter Nickis Leuten einige waren, die sich für diesen falschen Kampf nicht begeistern konnten.

Ema ließ ihren Bruder nicht aus den Augen. Wenn Rajko getroffen wurde, zuckte sie zusammen, wieder und wieder und wieder, und vielleicht hatte Stefan recht damit, dass ich nichts mehr kapierte – aber in der Sekunde zwischen den nächsten beiden Schlägen verstand ich immerhin, was im Ring vor sich ging: *Diesmal wird Rajko nicht gewinnen.* Das hatte Stefan gesagt. Natürlich war Nicki nicht so dumm, gegen jemanden wie Rajko in den Ring zu steigen. Er hatte Rajko herausgefordert, weil Rajko einer war, der Nickis Regeln nicht akzeptierte. Aber im Vorfeld hatte Nicki dafür gesorgt, dass Rajko sie diesmal akzeptieren musste. Wegen uns! *Wir* waren der Grund. Nicki gewann, weil Rajko dachte, dass wir in seiner Gewalt waren.

Vielleicht hatte Rajko von unserer Entführung noch nichts gewusst, als er in den Ring getreten war, und hatte sich erst einmal verprügeln lassen, um Nicki in Sicherheit zu wiegen und ihn dann zu überrumpeln. Vielleicht hatte Rajko sich auch schlagen lassen, weil er bereits wusste, dass Nicki uns festhielt, und dann hatte es einen Moment gegeben, in dem er die Demütigung nicht mehr aushielt. Was auch immer geschehen war – der Zweistellige hatte ihm jedenfalls soeben ins Ohr geflüstert, was Nicki Ema und mir antun würde, sollte Rajko es noch einmal wagen, sich gegen Nicki aufzulehnen. Ein einziger Schlag war bereits zu viel gewesen – sofort hatte Nicki ihn über den Ringrichter zur Ordnung rufen lassen.

Jetzt sah ich den Kampf mit anderen Augen. Deutlicher als zuvor sah ich Nickis miese Technik. Dass mir das vorher nicht aufgefallen war! Rajko bot sich Nicki ja regelrecht an, er schien geradezu um die Niederlage zu betteln! Immer wieder ließ er die Deckung fallen, hatte Nicki freie Bahn, doch der war offenbar nicht in der Lage, das Angebot anzunehmen. Oder war das eine besondere Art, Rajko zu quälen? Ihm den K. o. zu verweigern? Nein, Nickis Auge, seine Hände reichten einfach nicht, um die Sache in wenigen Runden für sich zu entscheiden. Aber würde Rajko dadurch nicht noch viel mehr Schaden nehmen als durch ein schnelles Ende?

Die Glocke war längst ertönt, und ich sah auch das Geschehen abseits des Rings in einem neuen Licht. Wie viele Zuschauer wussten, dass der Ausgang des Kampfes bereits feststand? War allen klar, dass Nicki in Wirklichkeit der Unterlegene war? War deshalb der Schock so groß gewesen, als Rajko doch einmal Ernst gemacht hatte? Kam der Rausch, in dem sich die Zusehenden befanden, eher durch die Erniedrigung?

»Der Kampf ist geschoben«, flüsterte ich Ema zu. »Rajko weiß, dass wir eingesperrt sind.«

»Sind wir doch gar nicht.«

»Er denkt es aber. Er hält sich zurück, weil er denkt, dass Nickis Köter uns bewacht.«

Meine Worte gingen im Gebrüll unter. Rajko lag am Boden, hasserfüllte Schreie fegten über ihn hinweg. Nicki guckte auf ihn hinab, schien aber kaum zu verstehen, wie er es gemacht hatte. In der Hölle aus Lärm, die er selbst geschaffen hatte, hatte er all seine Größe verloren. Und er wurde noch kleiner, als Rajko sich langsam erhob. Rajko kniete vor ihm, das Blut floss aus seiner Nase. Warum gab Rajko nicht auf? Wäre es nicht viel leichter, liegen zu bleiben und Nicki den Sieg zu schenken? Nein, Rajko ahnte wohl, was ihm bevorstand, sobald der Kampf zu Ende war. Der Zweistellige hatte die Zuschauer so aufgeputscht, dass auch sie über kurz oder lang auf Rajko losgehen würden. Es gab für Rajko kein Entkommen – und der Ring war für ihn im Moment der sicherste Ort.

»Ich muss was tun«, sagte ich zu Ema, »aber vorher musst du hier raus.«

»Vergiss es!«

»Ich meine es ernst. Los, geh!«

Die Ringglocke ertönte. Rajko konnte sich kaum mehr auf den Beinen halten. Er lehnte sich gegen Nicki, und Nicki musste nichts weiter tun, als Rajko von sich wegzuschubsen und auf dessen Kopf zu zielen. Eine Handvoll Schläge steckte Rajko noch ein, dann fiel er einfach nach hinten um.

Ich wünschte, dass Rajko liegen blieb – auch wenn das vielleicht noch gefährlicher für ihn war. Aber er kam wieder hoch, und obwohl die Glocke ertönte, schlug Nicki weiter auf ihn ein. Er hielt Rajko mit einer Hand aufrecht und schlug mit der anderen wieder und wieder zu – und er hörte erst auf damit, als er merkte, wie still es im Gang geworden war.

Zunächst dachte ich wirklich, dass sie alle zur Besinnung gekommen wären. Ich dachte, ihnen wäre aufgegangen, welch jämmerliche Figur Nicki in diesem Kampf abgab, und endlich bejubelten sie ihn nicht mehr.

Aber dann stellte ich fest, dass es an mir lag.

Ohne es selbst richtig mitzukriegen, war ich in den Ring getreten. Es war nichts zu hören außer Rajkos Schnaufen. Niemand wusste, was als Nächstes geschehen würde, ich am allerwenigsten. Dabei war ich es, den alle anschauten. Ich war es ja auch, der das Messer in der Hand hielt. Es war ein schweres Messer – jenes Messer, mit dem Stefan das Seil an meinen Händen aufgeschnitten hatte. Das Messer, mit dem ich Ema befreit hatte. Stefan hatte es nicht zurückverlangt. Und ich hatte es nicht zurückgegeben.

Nicki ließ Rajko los, und der sackte sofort zu Boden. Beschwichtigend hob Nicki die Hände.

»Ganz ruhig«, sagte er. »Das ist doch nur ein harmloser kleiner Kampf.«

»Und wieso hört ihr dann nicht damit auf?« Auch Ema stand jetzt im Ring. Was wollte sie hier? War sie nicht auf dem Weg nach draußen? Ich hatte ihr doch gesagt, dass sie sich in Sicherheit bringen sollte. Sie durfte in diese Sache nicht hineingeraten. Ich ließ das Messer sinken, und im nächsten Augenblick traf mich ein Tritt im Rücken. Darauf kam ein Stoß von vorn, und dann fiel ich und jemand schrie mit meiner Stimme, und ich wusste nur noch eines: Niemals, niemals darf ich das Messer loslassen.

Als ich die Augen wieder öffnete, lag mein Kopf in Emas Schoß. Ihre Haare fielen auf mein Gesicht, und ich wollte sie so gerne trösten, aber ich konnte mich nicht bewegen. Dann erschien Rajko vor mir, übel zugerichtet zwar, aber er war am Leben. Rajko war am Leben, und er schloss seine Hand um meine, seine Fäustlingshand. Oder war das Emas Hand? Ich wollte genauer hinschauen, aber ich konnte den Kopf kaum heben, und so war das Letzte, was ich sah, bevor ich ins Dunkel fiel, der Schaft des Messers, der sich mit den Bewegungen meiner Bauchdecke senkte und hob, senkte und hob, senkte und hob.

62

Rot ist das Blut.

Blau sind die Hauswände, wenn das Licht der Warnleuchte sie trifft.

Boxhandschuhe liegen auf dem Boden.

Ein verschmiertes Tuch.

Hände, die zur Faust sich ballen.

Im Keller eine Frau, die etwas gehört haben will.

In einem Gang eine Linie, die abrupt endet.

Hinter einem Busch ein Fenster, notdürftig verschlossen.

Hände, die den Brustkorb pressen.

Eine Decke wird hochgehalten.

Ein Junge wird abgeführt, Regen wäscht das Weiß von seiner Haut.

Auf einem Balkon glüht eine Zigarette.

Es klingelt an einer Tür.

Hände, die gehalten werden.

Irgendwo wackelt ein Stehtisch im Wind.

Ein Mädchen klettert auf einen Baum, höher und höher und höher.

Vier Blöcke umstehen einen Hof.

Ihre Dächer sind verwaist.

Wären da Schritte, die Steine würden rauschen wie das Meer.

63

Ich war ein schlechter Gefährte, ich war ein schlechter Freund. Ich war ein schlechter Sohn, Vater. Mutter, ich war ein schlechter Sohn.

Unter welch düsterem Himmel ruhe ich! Unter welch düsterem Himmel bin ich erwacht!

Wozu noch erzählen? Wozu weitermachen?

Habt ihr sie vielleicht gesehen? Ein Mädchen, so schön wie Himbeereis und so klug wie dreizehn Taschenrechner. So traurig wie ein Eisberg und so stark wie ein Fahrradschloss. Die

Tochter eines Vaters, die Schwester eines Bruders. An einem gepunkteten Tuch werdet ihr sie erkennen.

Wenn ihr sie seht, dann sagt vielleicht doch ein Wort zu ihr. Sagt ihr, dass jemand auf sie wartet. Immer auf sie gewartet hat, immer auf sie warten wird, bis ein Löffelbagger den Weg hinaufkommt. Sagt ihr nichts von der Linie – oder meinetwegen erwähnt sie doch. Aber sagt ihr nicht, dass die Zeit drängt. Sagt es nicht, so sehr ich mich auch fürchte.

Denn einmal brauchen wir keine Eile.

ANMERKUNG

Johann Wilhelm »Rukeli« Trollmann, 1907 im mittlerweile zu Gifhorn gehörenden Wilsche geboren, war in den Dreißigerjahren des vergangenen Jahrhunderts ein Spitzensportler – und doch wurde er vom Verband Deutscher Faustkämpfer drangsaliert. Denn Trollmann war einerseits Sinto, andererseits entsprach sein trickreicher, tänzelnder Stil nicht dem Prototyp des Boxers, den man im Ring sehen wollte – Boxen war eine von nur zwei Sportarten, die Adolf Hitler in »Mein Kampf« erwähnt hatte.

Der Konflikt spitzte sich zu, als 1933 dem jüdischen Boxer Erich Seelig die Deutsche Meisterschaft im Mittelgewicht aberkannt wurde. Trollmann holte gegen Adolf Witt den Titel, der ihm allerdings wegen vermeintlich »armseligen Verhaltens« umgehend wieder entzogen wurde: Er war im Ring in Freudentränen ausgebrochen.

Der folgende Kampf gegen Gustav Eder sollte an der Überlegenheit der »Herrenrasse« keinen Zweifel lassen. Trollmann wurde zum »arischen Faustkampf« gezwungen, aus Protest trat er mit blond gefärbten Haaren und weiß gepuderter Haut an. In der fünften Runde ging er k.o.

Trollmann sah sich genötigt, sich mit Kämpfen auf Jahrmärkten über Wasser zu halten. Da das gegen die Statuten verstieß, verlor er seine Boxlizenz. Wahrscheinlich kam er im Anschluss ins Städtische Arbeits- und Bewahrungshaus Berlin-Lichtenberg und wurde dort zwangssterilisiert. Da er nicht einsehen wollte, »dass seine ziemlich erheblichen Intelligenzmängel vererbt werden könnten«, wurde ihm »angeborener Schwachsinn« »diagnostiziert«.

Nichtsdestotrotz wurde er im Zweiten Weltkrieg zur Wehrmacht beordert und an der Ostfront verwundet. 1942 landete er im KZ Neuengamme. Dort weideten sich SS-Offiziere daran, den entkräfteten Ex-Champion zu verprügeln. Im Jahr darauf wurde er für tot erklärt, wahrscheinlich gelangte er aber unter falschem Namen ins Außenlager Wittenberge. Ein Kapo erschlug ihn 1944 nach einem Kampf mit einem Knüppel.

2003 wurde Trollmann vom Bund Deutscher Berufsboxer in die »Riege der Deutschen Meister« aufgenommen.

Quellen:

Roger Repplinger: Leg dich, Zigeuner. Die Geschichte von Johann Trollmann und Tull Harder. Piper, München 2008.

Bernhard Bremberger, Lothar Eberhardt: 195 Zwangssterilisierte aus dem Berliner Arbeits- und Bewahrungshaus Rummelsburg. Gedenkstätten-Rundbrief 182 (2016), S. 36–41.

DANK

Für die Unterstützung meiner Arbeit danke ich dem Ministerium für Wissenschaft, Forschung und Kultur des Landes Brandenburg sowie der Bayerischen Akademie des Schreibens. Ein herzlicher Dank geht an meinen Agenten Ulrich Störiko-Blume, an meine Lektorin Andrea Baron sowie an die Jury des Peter-Härtling-Preises. Und an Katharina.